·全民微阅读系列·

爱情锁

张格娟 著

江苏凤凰美术出版社
全国百佳图书出版单位

图书在版编目（CIP）数据

爱情锁/张格娟著. -- 南京：江苏凤凰美术出版社，2018.4

（全民微阅读系列）

ISBN 978-7-5580-3968-3

Ⅰ.①爱… Ⅱ.①张… Ⅲ.①小小说—小说集—中国—当代 Ⅳ.①I247.82

中国版本图书馆CIP数据核字（2018）第052269号

责任编辑　曹昌虹
封面设计　宁春江
责任监印　唐　虎

书　　名	爱情锁	
著　　者	张格娟	
出版发行	江苏凤凰美术出版社（南京市中央路165号　邮编：210009）	
	北京凤凰千高原文化传播有限公司	
出版社网址	http://www.jsmscbs.com.cn	
印　　刷	三河市同力彩印有限公司	
开　　本	710mm×1000mm　1/16	
印　　张	14	
版　　次	2018年4月第1版　2018年4月第1次印刷	
标准书号	ISBN 978-7-5580-3968-3	
定　　价	39.00元	

营销部电话　010-64215835-801
江苏凤凰美术出版社图书凡印装错误可向承印厂调换　电话：010-64215835-801

文化自信从读写开始

杨晓敏

近年来,随着互联网技术的不断推广升级,现代信息技术已充斥各行各业。微博、微信、微小说、微电影,各类"微"产品,以网络阅读、手机阅读、电子器阅读、光盘阅读的形式,进入大众视野,但这种碎片化、快餐式的电子阅读,仅仅可以作为传统阅读的一种有效补充与辅助,却不能完全代替传统阅读。

我国经济建设的腾飞,带动并刺激着文化事业的极大进步,而文化软实力的增长,又为经济跨越式发展,提供着强势的智力资本的支持。正是这种强有力的智力资本支持,慢慢建立起我们的民族文化自信。

学习的基本途径就是阅读。一个人的阅读力量,决定个人学习的力量、思考的力量、实践的力量;所有人的阅读力量,决定一个民族文化的力量、精神的力量、创新的力量。伟大的中华民族复兴之梦,要靠全国人民共同来缔造实现。提高全民素质,提升全民文化自信,繁荣民族文化,从阅读开始。

为了提高全民素质,建设书香社会,政府正采取一系列有效举措,营造阅读环境,倡导全民阅读。譬如开展读书日、读书月活动,一些省市地区通过整合全民阅读资源,打造了一批有广泛影响力的全民阅读"书香"品牌,还有些地区成立"农民书屋",送书下乡,让书香墨香飘进寻常百姓家。

作为近三十年才成长起来的一种新文体,小小说的质朴与单纯,简洁与明朗,加上理性思维与艺术趣味的有机融合,及其本色和感知得到、触摸得着的亲和力,散发出让青少年产生浓郁兴趣的魅力。小小说是一种新文体的再造,那些优秀的小小说作品,是智慧的浓缩和凝聚,是一种机巧的提炼和展开,小小说是训练作家的最好学校。小小说贴近生活,紧扣时代脉搏。大千世界,瞬息万变,小小说能以艺术的形式,不断迅速地反映生活热点,传导社会信息,是开启社会生活的一扇窗口。小小说可以培养青少年的想象力,让他们展开飞翔的翅膀。近些年来,大量小小说编入高考作文,入选各类优秀阅读丛书,正为越来越多的年轻读者所喜爱,显示出它强大而茁壮的生命力。

北京辰麦通太图书有限公司提供的《全民微阅读系列》图书,至今已编辑出版200多册。它以全力助推全民阅读为宗旨,以务实求精的编选作风,为读者精心遴选了大批风格各异的小小说佳作,引领读者步入美好的阅读丛林。

北京辰麦通太图书有限公司有着具有超前市场运作意识的优秀团队,在图书制作过程中,不但追求内容的丰富多彩,在装帧设计方面,也力求超凡脱俗。在众多中国梦新时代文学丛书系列中,它像一朵充满朝气与活力的奇葩,正逐步形成自己恒久的品牌和名牌效应,为提升全民文化自信、实现中华民族伟大复兴,增砖加瓦。

杨晓敏,河南省获嘉县人,生于1956年11月。河南省作家协会副主席、河南省小小说学会会长。曾在西藏高原服役14年。曾任《小小说选刊》《百花园》主编20余年,编刊千余期,著述七部、编纂图书近400卷。

作者简介

张格娟,陕西陇县人,现为陕西省作家协会会员,陕西省精短小说学会副会长,宝鸡市作家协会副秘书长,郑州小小说学会会员,陕西文学院第三届签约作家。曾在《百花园》《小小说选刊》等刊物发表文章。有50多篇作品入选《2009年中国年度小小说选》等选本。《补丁》荣获江苏省淮安市吴承恩文学作品一等奖;小小说集《镜子》荣获宝鸡市第六届文艺作品一等奖;小小说集《风从城墙边吹过》被评为宝鸡市第七届文艺大奖文学作品一等奖;长篇小说《逆旅》被陕西省委宣传部列为2011年文艺重点资助项目。

目录

第一章　校园大风车 / 1

璞玉 / 1

有个傻瓜教过你 / 4

诺亚方舟 / 8

面具 / 12

同心圆 / 16

夜归 / 18

极限训练 / 21

好想大声说爱你 / 26

三人行 / 30

爱情版本 / 33

妖女吴小霜 / 37

如果我长得像马云 / 40

第二章　爱情摩天轮　/ 45

错位的爱情 / 45

爱情锁 / 48

城里的月光 / 51

撞了一下腰 / 54

该把他的家谱调查清 / 59

美女蛇 / 61

鸳鸯火锅 / 65

本性 / 68

承诺 / 71

醉鸡 / 75

情侣树 / 78

抓一把黄土捏个你 / 82

也想浪漫一回 / 85

花开有声 / 88

穿过你的牙齿我的痛 / 92

爱情列车不晚点 / 96

第三章　亲情五味果 / 101

我的个神啊 / 101

小鸡别跑 / 105

空心树 / 108

救急电话 / 112

斗鸡 / 115

独角戏 / 117

偷艺 / 125

隐形的眼睛 / 129

伯母 / 131

不要恨那个爱你的人 / 134

第四章　聚焦爱心路 / 137

听云姑娘讲故事 / 137

糖豆 / 140

朝圣者 / 143

让我握握你的手 / 148

老江，你好 / 152

第三只眼 / 155

最后一头驴 / 158

我的世界猫不懂 / 162

心有千千结 / 165

跳舞的影子 / 169

偶遇 / 173

清水街的眼睛 / 175

第五章　心灵对对碰 / 180

一米阳光 / 180

蝴蝶刺青 / 182

蜕变 / 185

梦中的数字 / 188

骗你有商量 / 191

迁坟 / 193

名片 / 196

朋友啊朋友 / 199

追坏蛋 / 202

桃花酒 / 209

第一章　校园大风车

> 校园的大风车，是否还在诉说着曾经的心语。时间早已成为青春校园轨道上行进的列车，在你还来不及回首的时候，满载着喜怒悲欢，然后呼啸而过。无论花季雨季，若有若无的伤感蛰伏在空气里的每一个角落，只等着某个不经意的时刻钻进你的心里，留下挥散不去的回忆。

璞　玉

每个孩子都是一块璞玉，为人父母和为人师者都应当练就一双识玉的慧眼。

校长的目光依次扫过在座的每位班主任的脸，大家都低着头，没有人愿意接受这个"另类"学生。

我抬起头，目光坚定地说："校长，让他到我们班上吧！

爱情锁

说不定他是一块璞玉呢？只不过，没有发掘出来而已。"所有人都如释重负般抬起了头，看向了我。

大家都松了一口气，都在感谢我，有人甚至偷偷地笑。

校长也很欣慰地说："谢谢小张老师，大家散会吧！"

三班的钱老师走过我的身边，伸出大拇指说："巾帼英雄，女中豪杰，佩服，佩服！"

五班明老师笑呵呵地说："嘿嘿，璞玉？希望你收的是一块玉，而不是顽石。"

小寒来到我带的班上，我以为他能收敛一下呢？可是小寒依旧顽皮。

我安排小寒和前排学习最好的一个女生坐一起，可没等第二节下课，他就和后排的大强坐在了一起。

小寒，单亲，留着长发，穿着破洞牛仔裤，经常在楼道里吹长长的口哨。

大强也不是一盏省油的灯，父母在外地打工，跟着爷爷奶奶在一起生活，作业做得一塌糊涂。

这两个"活宝"坐在一起，指不定闹出什么"幺蛾子"呢？

午饭后，我在图书馆的角落里看见他们俩，故意走过去问："干吗呢？"

他们俩见我走过来，立正说："老师，没干嘛，我俩在背课文呢。"

"噢，那就好，下午第一节语文课我抽查。"我知道他们俩在撒谎，故意将计就计。

我转到楼道的拐角，俩人又开始动作了，他们在打架，手

第一章 校园大风车

互相搭在对方的肩膀上,大有把对方打趴下才罢休的架势。

显然,他们俩都没料到我的再一次出现。

我罚他们背诵完《赤壁怀古》,还行,俩人都很认真,很快的背完了,看来,不是他们脑袋笨。

晚间熄灯了,宿舍管理员给我打电话:"小寒不见了。"

什么?这小子想干吗呢?

我们查看了保安处的监控录像,分析他没有走远,找到他时,他正拿着手机,蹲在厕所里打游戏呢。

学校想要开除他,我又一次为他求了情。好多老师都笑我:"小张老师,挖到玉了吧?"

说实话,我对自己当初接收他,有点后悔了。我毕业还不到一年,却面临这么大的挑战,可我还是不想放弃他。

那天,我去教室里查看晚自习,却发现小寒不在座位上,我问大强,大强也摇头,说不知道。

教室里很安静,深秋了,一阵冷风吹来,有点冷,我穿着裙子,打算回宿舍去穿一件外套。

我打开门一看,才发现,他在我的抽屉里乱翻,我结结巴巴地问:"听说你,感冒了,你在找药还是找请假条呢?"

他愣了一下,我见他的手紧张地插在裤兜里,随口"噢"了一声,低头从我身边蹭过。

第二天,他没来上课,托大强给我捎来一张请假条和一个信封,里面有三百元钱,那是我抽屉少了的那三百元。

我托大强给他回了信:生病了,按时服药,老师相信你,药到病除。

第三天，他还是没有来上课，我去了他家家访。

他们家院子没有大门，屋门也敞开着，我长驱直入。

他妹妹穿着打了补丁的衣服，一个人躺在床上，面色绯红，不住地咳嗽，家里冷冷清清的。

一阵脚步声传来，我心虚地躲到墙角的窗帘后面。

小寒从外面急匆匆进来，给妹妹喂完药，他拉着妹妹的手，神情沮丧地说道："好妹妹，你赶紧好起来吧，哥为你都当了一次小偷呢？都不知道怎么见张老师呢？"

等他拎着水壶去厨房烧水的间隙，我偷偷留下二百元钱，写了一张纸条：这是老师借你的，等你有钱了再还我。

我打听到，他父母外出打工了，他和妹妹两个人互相照顾着。

此后，小寒似乎变了一个人，头发也理得整整齐齐，作业也按时交了，年终考试终于考进了前二百名，中考竟然考上了重点高中。

暑假里，我收到二百元钱微信红包，他留言：张老师，这是我挖药材挣到的钱，谢谢你，你是我见过最善良的老师。

我回复：璞玉浑金。

有个傻瓜教过你

纯粹而易碎的青春校园里，那些能让我们感谢和铭记的人，是想看着我们活得越来越好，他们才自豪吧。

第一章　校园大风车

教室里又有了一部智能手机，后三排的人都异常兴奋。

海海的父母外出打工去了，不得不给他留了一部手机。

我们几个人的手都痒痒了，天天被老师和爸妈管着，根本摸不到手机。

我老妈更狠，她语重心长地说，不是不让你玩，是怕你玩游戏而忘记了学习。但她还怕我失联，找不到我，在网上买了一部"砖头"状手机，掂起来足有五六两重吧，我用它砸了好几个核桃，核桃都碎成了渣，它却完好无损。

这部手机的确强大，半个月都不用充电，电还是满格，只是，版本实在是低啊，什么QQ、微信、游戏都不能用，只是用来打电话和收发短信的老年机。

就这么破的一部手机，老妈还不允许我带到学校里，我也懒得带，怕同学们笑话我。

别人家都是儿子"坑爹"，我老妈这是"坑儿子"呢。

一部手机在我们五个人的手里轮流玩着，我们自以为做得天衣无缝，滴水不漏。

玩够了，我们在班级微信群里面显摆着，交流着玩游戏的心得。

喵姑娘是一个玩游戏段位很高的女生，她在游戏中的表现，能迅速让团队团结起来走向胜利，其实说实话，她的技术并不好。

小金骂猴子："你个傻子，团战的时候，你怎么能跑去打野呢？"

"你不傻吗？经常各种送人头。"猴子回骂小金。

爱情锁

我说:"两位大哥,你们能不能向喵姑娘学习,她就比较平和。"

他们俩就把矛头指向了我,问一句:"你是不是喜欢上了喵姑娘啊?"

我回:"你们俩才喜欢喵姑娘呢。"

我说完之后,群里边死一般的沉静,其实不光是他们俩,好多男孩子都喜欢上了她。

关键的关键是,我们都不知道喵姑娘是谁?

我们就在群里边,把这个喵姑娘猜了个遍,本班女生全部猜完,也没有猜出来是谁。

猴子还异想天开地说:"不会是别班的哪位美女吧?"

我们都笑了。

喵姑娘却发话了,她说,你们别猜了,不会让你们猜到的。游戏难道没有教会你们,别高估了自己,也别低估了别人吗?

嘻嘻,这还真挺有趣啊?

我在群里发了一只加菲猫,胖得走路都喘的那种。

笑着说,我估计你像这只猫一样肥,所以,丑得不敢露真面目吧?

我以为这一下把这个姑娘打击得体无完肤了吧?自尊心受挫了。估计一时半会儿是不会理我的。

过了一会儿,她才回了一句:"好队友就像好女友一样,都不易找,这个概率很随机哟!"

什么意思吗?再找她头像已经黑了,手机也被其他同学抢走了。

第一章 校园大风车

这节是班主任蒋老师的数学课,没有人敢在他的课堂上捣乱。

蒋老师这节课上得很冗长,有两次不停地捂肚子,估计是吃坏了肚子吧。

放学后,我们五个人互相对视了一下,用眼神交流完,都不约而同地走向了厕所。

海海从裤兜里掏出一包烟,给每人发了一根,大家都装作很老练的样子,在厕所角落里吸起来,这种赛过"神仙"的日子,又有多么惬意呢?

突然,角落里一个戴小黄帽,穿校服的家伙,笑眯眯地站到我们跟前。

我感觉这身影有点高大,眯着眼斜看向他,这一看,不要紧,我整个人都傻眼了。

我们的班主任——蒋老师,他,他,他怎么会出现在男学生厕所呢?而且身上还裹着一件小一号的校服。

他轻声说了一句:"走吧!"

随后,我们五个人的家长都被请到了他的办公室。

学校有规定,如果有违反校规者,一律回家家教一周,家教好了再回学校。

所有的家长不同意,我们当然也不同意回去。

蒋老师挨个问我们,手机是谁的?游戏教会你们什么了?

我们都低着头,不敢也不想说。其实大家都在心底里猜测,是谁泄露了这个秘密的?我们保持精诚团结空前一致。

还是没有猜到,后来在"五位妈妈"的坚持下,我们写了自我检查和保证书,在全班同学面前朗读。

爱情锁

我们把蒋老师的头像放在群里面恶搞，一会儿长了个猪鼻子，一会儿长了个松鼠尾巴，一会儿又变成了宫廷里的容嬷嬷。

我们恶搞他的时候，喵姑娘只笑不说话，我们也就没有兴趣再玩了。

听说蒋老师因胃病住院了，我们去医院探望他的时候，他笑着说，想知道喵姑娘是谁吗？我们五个点头又摇头。

他说，喵姑娘是我，为了不让你们将来后悔，我悄悄潜伏进你们的群里多日了，你们可以记恨我，多年以后，只要你们还记得，有个傻瓜教过你们，就行了。

我们都表示，要好好学习，再也不玩游戏了，会以优异的成绩迎接蒋老师出院。

后来，听说蒋老师调离了一线工作岗位，局领导考虑到他身体的状况，把他调到了教研室，专门从事教学研究。

后来的后来，我们都考上了大学，蒋老师却在四十岁那年，因病走了。

大学假期里，我们相约去看他，并点燃了五根烟插在了他的坟头，告诉他，我们这五个傻瓜永远爱着他，记挂着他。

诺亚方舟

伤害你的人，往往是你喜欢的人，让你成长的，是你对伤害的反思。最爱你的人，最怕你受到伤害的，莫过于父母了。

第一章 校园大风车

方明哲发了一连串红色的心给我，我的心里乐开了花，我将书和作业本摊在书桌上，就偷偷地打开手机给方明哲发微信，我说："哲，你睡了吗？"

那边等了有五六分钟回了过来说："亲爱的小米，还没睡，我想你！"一看到方明哲说想我，我的心怦怦地跳动着，所有的文学语言都不足以表达我内心的激情澎湃吧。

我刚打算发送一个亲吻的表情给他，门咚咚地响起。没等我允许，妈妈边往里走边说："小米，妈给你热了一杯牛奶。晚上熬夜学习，身体会吃不消的。"

我用沉默回答了妈妈，妈妈将牛奶放在了书桌边，知趣地退了出去。

我的微信还没有发过去，方明哲的短信又来了："小米，我得做一会儿作业，你早点休息吧！"我又感觉到一阵怅然若失。

我是真想他了，想见到他棱角分明，厚嘴唇的样子，还有他浓重的眉毛下，那一双深似秋水般的眸子。不知不觉，我带着对他的思念，趴在桌子上睡着了。

迷糊中，妈妈帮我收拾了作业本，又将我抱上了床。

早晨刚一睁开眼睛，我又一次想他了，趴在床上给他发了一条微信，我说："哲，我昨晚流泪了，枕巾是湿的。"

我也不明白，自从我发现自己喜欢上方明哲之后，我几乎像是水做的，天气的反常都足以让我流泪，我会莫名地流泪，会不知不觉伤感。

妈妈总是说，今年高三了，你得努力一把，好好学习。每

爱情锁

当听到这句话,我就烦,我捂着耳朵对她大吼,你别烦我了好不好。其实事后,我也挺后悔的。

妈妈总在我对她大吼一声之后,默默地退出我的房间。

爸爸在外地工作,为了弥补没有时间陪我的遗憾,他在我这个宝贝女儿面前,总是俯首称臣的,总把我当一颗罕见的珍珠,拿在手里怕摔了,含在嘴里怕化了。

我十六岁生日那天,我打电话给爸爸,我说:"老莫,你可别忘记了,今天是什么日子了?早点回来哟!"爸爸在电话那头哈哈大笑说:"这个哪敢忘记啊,我宝贝女儿的生日啊!"

可是,那天他因为陪领导考察回来的晚了一些,他刚一进门,我就大声嚷嚷着:"老莫,你还知道回来啊!"妈妈在一旁一边接过爸爸的包,一边给爸爸放拖鞋,爸爸显然喝多了酒,他一拍脑门说:"呀,对不起呀米米,爸爸糊涂,真给忘记了,你想要什么,爸爸现在就去给你买。"

我一下子好像抓住了他的把柄,因为,这个时候,我变本加厉的要求,总会得到满足。所以,我便提高筹码,说我要一件羊毛大衣,必须是那种紫色的。妈妈深知我要的东西价格高,便说,别听孩子胡说,那不适合她穿。

爸爸一听哈哈大笑着说:"只要我的宝贝女儿高兴,怎么样都行。"

听到爸爸这么一说,我说:"行,我在家里等着,你直接去商场五号柜台,价格是1980元,带够钱哟。"

妈妈说:"一个学生,干嘛要穿那么贵的衣服,再说,你爸爸刚回来,要买也得明天买吧!"

第一章　校园大风车

我就搂着爸爸的脖子撒娇说,不行,过了今天晚上,我就长大了一岁,必须今天买,爸爸经不住我再三的胡搅蛮缠。他说:"行行,爸爸现在就去给你买。"

我朝妈妈扮了个鬼脸,妈妈嗔怪爸爸说:"都是你给惯的。"

放学回家,妈妈坐在大沙发上,头向后仰着,闭着眼睛,疲惫不堪的样子。

妈妈看到我回来,欠着身子坐起来说,我给你盛饭去。

我没有吭声,嘟囔着一张脸,坐一旁吃饭。妈妈却一直看着我。

我细看了一下妈妈的脸,那张曾经在舞台上不知道赚了多少眼泪的脸,也是最经不起岁月拉扯的,她的脸上不光有皱褶,还凭添了许多被油彩腐蚀的小疙瘩。

谁知她突然对我说:"方明哲很优秀吧?"我的脑袋还没转过弯来,突然听到方明哲三个字从妈的嘴里发出来,我的血一下子从脚底涌到脑门。

瞬间的反应,我扔下筷子,我说:"妈,你太过分了,你竟然偷看我手机微信。"我哭着跑回了房间。

我知道妈妈会跟上来,我就把头埋在被子里哭,我知道,妈妈会来劝我的,等了好久,我都没有听到妈妈的动静,渐渐的我哭不动了。

妈妈轻轻地推开门进来了,我没有理她,妈妈却说了,我相信自己的女儿。我昨天见过方明哲的爸爸妈妈了,他们说,前天晚上儿子在洗澡,他们替儿子给你回了一个微信。我的傻瓜女儿啊!方明哲对父母说,是你主动追他的?而且经常给他

爱情锁

发信息,才扰乱了他的生活。妈妈当然是相信自己女儿的,不可能这么主动去追一个男孩子的。

我的心一下子凉到了骨头里。明明最初是他一次又一次的追我,我才喜欢上他的,他反过来还这样说?他怎么可以这么做呢?

我真的很伤心,我觉得自己像一条被扔在沙滩上的鱼,不停地张大嘴巴呼吸,鼓着的腮,一张一翕。

我一定要问清楚,方明哲为了保全自身,难道他就以牺牲我的尊严为代价吗?我打算不再理他。

第二天放学,我当面质问方明哲,可他支支吾吾地不解释,突然间,我觉得他不像个男子汉,转身离开,泪水涌满了眼眶。

妈妈迎面走来,我紧紧地抱住了她,叫了一声"妈",妈妈拍着我的背说:"丫头,不哭,咱回家吧!"

突然间记起了这么一句话,不知道是哪位作家说的:当你的世界被洪水淹没时,老妈永远是你最后的诺亚方舟。

面 具

一个朋友就像一面镜子,它能反射出你内心最荒芜的东西,让你向最真实的方向行进。

我的老家在一个封闭的小山村,我和夏红是一起光着屁股

第一章　校园大风车

长大的玩伴儿。

八岁那年,她爸爸误伤了人,被判了五年,进了监狱,她妈妈丢下夏红,改嫁去了西安。

夏红小学毕业之后,便再也没有上过学。但每次寒暑假,我们依旧在一起玩。用我妈的话说,俩人好得穿一条裤子都嫌肥。

夏红对我是极好的,她经常有好吃的自己舍不得吃,无论如何也要给我留着。有一次,她为了给我留桑葚,把一条白短袖都染成了紫色,挨了她奶奶一顿打。

我刚上大一的时候,收到夏红的一封信,她的字儿写得扭扭捏捏的,看到那个信封,我都不好意思当着同学的面拿出来,我悄悄地在卫生间拆开来看的,我是怕同学们笑话我,竟然有这样的朋友。

她说,有人给她介绍对象,是邻村的牛旺,在上海打工,做建筑工人的。

我只给她回复了短短几行字,建议她认清现实,看对方人善良嫁了算了。

夏红的第二封信紧接着又来了,她说,她想外出打工,奶奶和爸爸死活不同意,并为她订了婚,可她还是想出去闯一闯。

我回信劝她还是不要好高骛远,留在农村结婚生子,这才是一个女孩子的正道。再说了,外面的世界并不如想象的好混,一个小学毕业生,没有一技之长,在大城市里很难混的。

大学毕业后,我回到了B市,考取了一个事业单位的文员,每天过着朝九晚五的生活。结婚后,我和老公贷款买了一

爱情锁

套房子，每个月要还房贷，日子也过得紧巴巴的。当然，也和儿时的玩伴儿夏红失去了联系，她过得怎么样，我似乎也记不起来了。

有一天，一个早早进军房地产的大学同学丁丁到B市出差，他非得请我们几个老同学去做足疗。对于足疗，我心里似乎有些偏见。

丁丁见我态度扭捏，嘲笑我土鳖，他说，做足疗有助于释放压力，让人放松，是现代人生活方式的一种。

我从心底"哼"了一声，心里在默默地想，谁知道你们这些男人在足疗店干着什么见不得人的勾当呢。

我们选了一个四人的大包间，门里进来几个穿工作服的姑娘，她们每人都端着一个木盆进来了。

我一眼就认出了夏红，虽然她比过去白了许多。我赶紧躺下，顺手从旁边的茶几上拿过一本杂志，把脸挡着，假装去看书。

我在心里默默祈祷，希望她去给别的同学做足疗。

可谁想，她径直走到我的床前，说："您好，我现在开始给您做足疗，如果有什么不舒服，您就尽管说吧！"

"嗯。"我从鼻腔里挤出的声音回答她。

她非常认真地给我捏脚，不住地对我说，脚的这个部位，有什么穴位，对应人体的哪个脏器。

我怕夏红难为情，她可能也怕我认出她来吧，好吧，那都装傻吧。

大约过了四十多分钟，夏红给我按摩完脚底，她说："我给您踩一下背吧！"

第一章 校园大风车

"行!"我打算直接翻过身去。

结果,夏红却问我:"格娟,你认识我吗?"

我故意睁大眼睛看着她说:"噢,怎么是你呀?我一直在看书,真没想到是你?生活过得不好吗?"

夏红轻轻地笑着说:"还行吧。"

"你怎么做起这个呢?"我有点同情她。

"这个除了辛苦点,凭着手艺吃饭,收入也不错呀!"夏红没有任何的难为情。

"可你,这个传出去不好听啊?"说实话,我有点看不起她。

"那是你不了解我们这行,你可能被那些负面的新闻先入为主了。我们这行,还是很正规的,忘了告诉你,这个足疗店是我和我老公开的。如果今天不是人多,技工们都在忙,我一般不会给客人洗脚的。"

"噢!"

夏红说:"知道你每天写作,坐的时候很长,颈椎不好吧?我来给你按摩一下颈椎,让你放松一下。"

"你怎么知道我现在在写作呢?"我茫然地看着她。

"我不但知道,而且你的每一本书我都买了,我还说哪天找你给我签个名呢?"夏红的坦诚让我在心底鄙视了一下自己。

我终于撕下了自己的面具,在夏红面前,她给我提拉肩部的时候,有几个屁毫无任何设防地跑了出来,很响。

爱情锁

同心圆

父母和孩子的生活,其实是一对同心圆,孩子从一个小圆渐渐变成大圆,父母从大圆回归到了小圆。

"大鹏,妈不见了!"妻子在电话那边焦急地说。

"什么?你没把门锁好吗?"一听见妈不见了,我的头嗡一下大了好多倍。

"门锁得好好的,我进厨房做一顿饭的工夫,妈就不见了。"妻子很委屈。

"那应该没有走远,你先在小区附近找找看,我马上就到。"说马上就到,又何尝容易呢?我单位离小区十五站路,而且现在正是下班高峰期,车流和人流、红灯和绿灯总是忙忙碌碌,街道上的人群像搬家的蚂蚁般穿梭着。

说句实话,我手头的事情已经让我够闹心了。我的那个策划方案又被总监批了个狗血淋头,他让我重新修改,晚上十二点之前必须发给客户,而且那个客户也是个难缠的主儿,都是大爷呀,不伺候好行吗?现在我妈又不见了。

老妈现在八十九岁了,她这两年出现了小脑萎缩,出门总是记不得回家的路。没办法,我给妈衣兜里做了很多小卡片,上面写着我家的地址和我的电话,有几次都是好心人把妈送回了家。

可是这次,似乎没有那么幸运,妈还是没有找到,偌大个城市,找见一个人和大海捞针差不多。

第一章　校园大风车

我和妻子已经分头跑了十多条街道了,还是没有找到。找到了辖区派出所,他们说,二十四个小时之内不算失踪,必须得过了二十四小时之后才能立案。

终于,在一个小巷子的角落里找见了冻得哆嗦的老妈。

老妈看见我,像孩子一般一把抱住我,哭得嘤嘤呜呜的。

我所有责备的话儿都没法说出来了。

我只是拍拍妈瘦弱的肩膀说:"妈,不哭,咱回家。"

我们回家时,已经是半夜两点多了。

妈这种情况,已经持续半年多了,半年之内,她已经走失五六回了。

妻子就和我商量,要不,找个保姆。可是,保姆换了三个,都和妈处不来。

那只好把妈送到老年公寓了。

周末,我和妻子去考察了几个老年公寓,唯一有一家比较满意,但是,人家有一个条件,就是生活能够自理,意识清楚。

然后,在去老年公寓的路上,我就教妈:"'妈,人家问你家住在哪里?'你就说:'幸福花园小区。'问你多大年纪了,你就说:'八十九岁。'"

我问:"妈,记住了吗"?

"记住了。"妈此刻好像明白了。

按程序,测试是第一关,一共六道题,妈只答上来了一道,这道题目是:你儿子叫什么名字?

妈不假思索地回答:"大鹏。"

按人家的规定,妈这种情况,人家是不愿意收的。但是,

爱情锁

院长是一个熟人介绍的,他说:"像这种情况,只能先试试看,如果不行,再另做决定吧!"

临别时,妈突然间意识到,她跑过来,突然拉着我的手说:"大鹏,咱回家吧!我不想住在这里,我害怕。"

我们好说歹说,总算把妈安顿了下来。

回家的路上,我一直没有说话,脑海里突然记起了小时候,妈送我上学的情景,我那时比别的小朋友发育迟缓,怕老师不要我,妈便教我:"'大鹏,老师问你几岁啦?你就回答,七岁。''人家问你家住哪里?'你就回答:'文化局家属院。'"

心头涌起一阵酸楚,我对出租车司机说:"师傅,掉头,回老年公寓。"

妻子奇怪地问我:"怎么又要回去呢?"

我说:"别让妈住老年公寓了,再苦再累,我们也要撑下去,这是一个同心圆,一定得把它画圆。"

妻子还在嘟囔着,什么同心圆,我怎么听不懂呢?

夜 归

走失的鹿群,听到敲击声都能归来,那些辛苦养大的孩子们?何时归来?

"一只,两只,三只,四只……二十六,二十七……不对

第一章　校园大风车

呀！"老石惊出了一身冷汗。

鹿群挤挤挨挨地争抢着食物，老石揉了揉眼睛，身上的军大衣如一摊烂泥般掉在了地上，他却浑然不觉，继续睁大眼睛数着："一只，两只，三只……"仍然只有二十七只，剩下的十三只鹿跑哪里去了呢？

北方的冬日早晨，浓雾弥散了整个山野，群山若隐若现，一副猜不透的样子。

老石着急了，他蹲在了旮旯里，仔细地查看着鹿舍的脚印，揣测着鹿群的去向，鹿舍外一撮灰色的鹿毛引起了他的注意，他起身查看了整个鹿舍，才发现，这些家伙们竟然踩着圈舍里的基石块儿，攀上墙壁逃跑了。

集体出逃，老石一时没有了主意，一整天，他都待在鹿舍前冥思苦想。

数他的那群鹿是老石的必修课，每天，他都要数一遍，虽然，他明知道，只有四十只，他数完，还会不由自主地去拥抱一下那些幼小的鹿。看着鹿崽们那两条硬睫毛落下来，遮住眼睛，他心疼。

他不停地自责着，昨晚把院里的大门敞开着，一整夜未关，他在等什么，也许只有他自己知道。

昨天是他老婆的第五个周年忌日，老石一个人喝了些酒，院子的大门就那样敞开着，可是，没有一个人进来……

一般情况下，老石都会将大门紧闭着，可昨晚偏偏没关，让那些逃跑的鹿钻了空子。

怎么办？十三只鹿，对于老石来说，也不是一个小数目啊，

爱情锁

从最初养育小鹿幼崽开始，不容易呀！

当年，五十岁下了岗的老石，手里有几个钱，至于钱的来路，他没有从牙缝里透露半个字。

这个钱，他就是再困难，也没有动用，可现在在这个节骨眼上，大儿子大学毕业刚两年，才买了房子，正是用钱的时候，二儿子刚从部队退伍回来，正在四处找工作，三姑娘正上大三，老四刚上大一，没有别的办法了，孩子们各自有自己的事儿，没法帮衬他，他只好自谋出路了。

真是屋漏偏逢连夜雨啊，只能动用这笔钱了。

那天晚上，他把自己关在屋子里，望着老婆的遗像抽了整整一夜烟，屋内烟雾缭绕，第二天打开门的时候，他的眼睛肿成了一对桃子。最终，他决定养鹿，尽自己的能力来供孩子们上学。日子过得紧巴，他从来没给孩子们说，这个钱是当年老婆车祸的赔偿款。

虽然，这最紧的日子过去了，可十三只鹿不见了。他望着小鹿那棕色的硬睫毛，心里生出一股父亲般的疼爱。

他自言自语道："这帮鹿崽子，这是又耍啥性子呢？"

雾气散去的时候，老石跑到山上去找，整整两天了，也不见一点踪影。

老石绝望了。

可他还惦记着家里剩下的那群鹿，他急急忙忙赶回去，给他们喂食，老石的头发白了一大圈，嘴唇也起了一层干痂。

老石拎起铁桶，"咣咣咣"地敲着，也许是饿坏了，鹿从鹿舍四面八方跑过来争抢着食物。老石不停地像对孩子说一样:

第一章　校园大风车

"别抢，慢慢来。"

鹿群把铁桶挤掉在了地上，发出了很大的响声，老石正欲发火，突然间，他灵机一动，这些圈养的鹿群，每次吃食的时候，都是靠这种方式招呼它们的呀。

老石把大门打开，他想着，它们是从这道门里走出去的，如果，听到他的呼唤，可能会回来的。

老石就开始用尽全身的力量敲击着铁桶，"咣咣咣，咣咣咣，"声音比平时大了好多倍，他从早晨一直敲到黄昏，整个山上只有他一户人家，也不担心扰着邻居。晚上，老石把所有的灯都打开，整个家里灯火通明，直到凌晨一点多钟了，老石的胳膊如同灌满铅一样沉重，鹿群回来了，一只，两只，三只，整整十三只，那些鹿像做错事的孩子一样，都低垂着眼帘，依偎在老石的身旁，老石拼尽浑身的力量给他们喂了食，累垮了的老石把大门紧紧关上，可他却失眠了。

恍惚中，他呓语道："大门应当打开，孩子们快回来了。"

极限训练

我们总在用怀疑的目光看待生活中一些另类的人，甚至嘲笑，其实每个人每一种努力都不是徒劳无功的，只是他们每天都离目标近了一步。

爱情锁

宿舍门外的敲门声又一次响起,我没有吭气,我知道是寒光老师,但我没有开门。敲门声响了二十几声之后,随着脚步声的移动,隔壁宿舍的门又一次响起了敲门声,依旧没有人开门。

寒光很有耐心,他继续挨个房门敲着。最后,不知道谁收留了他,他今晚总归有了去处。

原谅我用了收留二字,算上昨晚,这已经是寒光第三十一天在我宿舍留宿。

先让我介绍一下他,寒光,男,23岁,高楼中学九年级英语老师。

我也介绍一下我自己,辛笛,男,23岁,高楼中学九年级数学老师。

记得第一天认识寒光的时候,我还闹了个笑话。

当时,通过全省省考来到了这所高楼中学,虽然高楼中学在镇上,但这个镇属于偏远地区,离陇州城还有两小时的车程,我拎着大包小包出现在校门外,正赶上饭点,校园里乱哄哄的,我想去找教务处报道,站在门口不知道何去何从的我,突然像看见了救星。

一个小伙用手提塑料袋拎着一只碗和筷子与我擦肩而过。

我急忙叫住他,我用方言问:"同学,麻烦问一下你,教务处朝哪边走?"

他用目光上下打量着我,然后用普通话说:"对不起,我也是刚打算报道,那咱们一块儿去吧。"

"你也报道?"我惊异他行李的简便。

第一章　校园大风车

"嗯。"寒光从鼻腔里哼了一声。

我们找到了教务处,领导给我们每人分配到一个宿舍,他给我们钥匙时,寒光却没有接,他说:"我不要。"

领导只好把钥匙收回了。

我当时也奇怪,不要宿舍,他晚上住哪里呢?

吃完饭,我才明白了,寒光根本没带别的行李,甚至连换洗的衣服都没有带。只有一只碗和一双筷子。他将碗筷放到我的桌子上,顺势躺到了我的床上。

我好生奇怪,我问寒光,领导给你宿舍,你为什么不要呢?

他眼望着天花板,说:"不为什么,只是不想要。"

我也抬头望了一眼天花板,那里只有被雨渍浸过的如地图般的痕迹。

我无奈地走到校园中去熟悉环境,寒光在我的床上呼呼大睡。

晚上,还没等我上床,寒光却早已钻到我的被窝里去了,我心生懊恼,但刚认识他,我也不好发作,再说,目前来说,我们俩都是新来的,我就只好忍着,总之,两个男人睡在一张床上,还是有点别扭。

翌日早晨,我还在被窝里,他就已经早早起床了,他像变戏法似的,拿出一支牙刷,大大方方地把我的牙膏挤到他的牙刷上,从我桌上拿出一个一次性纸杯当牙缸。

寒光教英语,他的英语讲的不错,有时候在课间或许休息时,他也偶尔间会讲一两句英文。

因为是乡间中学,老师们年龄层次分类比较多,所以,除

爱情锁

了上课,大家都讲方言,寒光却不,他讲一口标准的普通话。

有些上了年纪的老师,都故意用方言激他,想让他和大家一样讲方言,寒光却从来没有改变过。

寒光是本地人,他每周末回去换一两件衣服就回来了,我期盼着他能够带一些被褥来,可他好像没有这回事一样。

我也特别郁闷,已经有老师在背后悄悄地怀疑我们俩的取向问题了。

我对寒光说:"这周末你带些铺盖卷儿,不要老和我挤,再说这是单人床,我也不习惯。"

寒光笑而不语,我以为他听进去了。

结果,他依旧挤在我的床上。

终于忍无可忍了,我就没有给他开门。他去和别的老师挤一个床。

背地里,大家都怀疑,他家里境况不好,置办不了一套铺盖。

校领导还特意把寒光叫了去,打算单位帮他置办,结果寒光依旧说:"谢谢领导关心,我不要。"

两个月过去了,寒光依旧辗转于男老师的宿舍。

最后,除了校长的床没有被挤过之外,其他人都被他祸害过。有同事咬牙切齿地说,这货肯定有神经病。

最后,寒光敲门,没有人愿意给他开门了,他就去敲教导主任的门,主任隔着门问:"寒光,有什么事吗?"

"主任,我有个问题想找您请教一下。"寒光彬彬有礼地答。

第一章　校园大风车

只要有人开门，寒光就有了睡觉的地方，他也不管你说什么难听的话，他都一概不理，一副死猪不怕开水烫的架势。

最后，寒光干脆不敲门，只要看谁的门没锁，他就直接进去，比主人先上床。

忍不住了，便有人骂他，说他脸皮怎么这么厚，他也不恼。

在所有人都见了他像躲瘟疫一样的时候，寒光辞职了，大家都松了一口气，终于没有人和自己挤一张床了。

据说，寒光去了上海，他去了一家外贸公司，干得风生水起的。

一提起他，大家都笑着说，他这是一碗一筷一牙刷来打天下呀！

十年后的一天，我在街头碰到了寒光，提起当年他和大家挤一张床的事儿。他说，对不起啊，只是为了极限生存。整整547天呀！在这之前，他是一个在人面前说话结巴的人，声音小得像蚊子叫，而且在生人面前，还未开口就脸红，曾经有一次在班级上台演讲，每个人必须演，还未走上台就跌倒了两次，好不容易站在了演讲台上，一看底下三十多双眼睛盯着自己，他愣是没有憋出一个字儿。后来，参加公务员国考，笔试成绩总在前面，一面试，就打嗝儿。他就下了狠心，要练个厚脸皮，就得不怕人笑话，不怕别人说难听的或者拒绝他的话，后来，他觉得自己练得差不多了，就辞职了。

"敢情你把大家当实验品了呀！"

他笑而不语。

爱情锁

好想大声说爱你

痴狂的春春，爱我所爱，无所遮掩地自我信仰，受伤、痛苦，但更多的是无怨无悔。

爱上一个人，我神思恍惚，每天都在作业纸上无数次画着他的眼睛，眉毛，可总是画了擦，擦了再画，每天都重复着这个动作。

然后，就在老师讲课的时候，我却认真地在纸上写着樊凡的名字，一笔一画，比做作业都认真，以至于地理老师让我站起来回答问题："世界上最长的河流是哪条河？"

我茫然地望了望同桌吴小霜，她在旁边小声给我提示，尼罗河。

可惜我的耳朵和我开了个天大的玩笑，我非常有韵味地回答，罗汉河。

我还在等老师赦免我坐下时，教室里发出一阵哄堂大笑，老师也非常生气地说："罗汉河，你怎么不说个尼姑河呢？"

我死死地盯着吴小霜，她也捂着嘴笑，我真想狠狠地掐死这个妖女，竟然给我说错了，让我当众出丑。

下课后，吴小霜不停地给我解释，她说的是尼罗河。我只能骂她分贝小得像蚊子叫，我哪听得清啊！

这个妖女却捉住了我的把柄，她拿着我写了满满一页纸的

第一章 校园大风车

"樊凡"的名字大做文章。

想你

静静地想你

将你的名字填满我的心房

那一声轻轻的呼唤

能否扣响你的心门

为我打开吧

……

我一把捂住她的嘴。不想让她再这样酸下去,如果再这样,我的 PH 值肯定小于 7 了,我吼道:"你那能叫诗吗?"

我从来没想到,自己会想一个人想的这样刻骨铭心。

我对吴小霜说,我想去见他。

如果你喜欢他,就去见他吧。

吴小霜给了我樊凡的画室地址——宁静巷 26 号。

妖女吴小霜却穿着我的碎花裙子,披散着长发,妖娆地像一只飞舞的蝴蝶般出门了。

我拿着那张纸条,左思右想,终于还是决定去寻找我的爱情。

我一路寻找,穿过一条街,拐三拐,再左转再右转,我终于找到了宁静巷 26 号。

那是一间废弃的仓库,一堵高高的砖墙,几只鸟儿呼啦啦地飞过,碰掉了几片发黄的树叶,发出细微的声音,那声音落在了地上,清晰而有力,顺着落叶的方向,我找到他了。

仓库的大门敞开着,那间不大的画室里,堆满了各种颜料

爱情锁

的瓶瓶罐罐。

那个我日思夜想的男孩，他头上缠着一块花头巾，在聚精会神地作画。我远远地望着他，生怕把他的灵感扰乱了，让他无心继续创作。

半个多小时过去了，我依然站在树下静静地望着他，我从来没有想过，自己会这么有耐心地去等一个人。

深秋的阳光，只留下一抹橘黄。我一直站着，却没有感觉到累。

他在作画的间隙，抬起头看到我的时候，他的眼里闪过一丝亮光。

他热情地问："感觉你像空降部队？不会是从飞机上跳伞来的吧？"

我的嘴唇动了动，却说不出一句话来了。我感觉自己不是原来的柳絮儿了。

他的手掌上还残留着明媚的色彩，那些缤纷的色彩，渗入了他细密的掌纹里，我觉得他的手，也是一幅独特的画。

他爽朗地笑了，一排白白净净的牙齿，让人忍不住想多看几眼。

他在作画，而我却在一边静静地看着，就像一株无声无息的植物。

樊凡突然转过身来，定定地望着我，他说，柳絮儿，你像一个人，你的眼神很亲切。

我惊奇地问他，我像谁呢？

我说不上来，总感觉有一种似曾相识的感觉。

第一章　校园大风车

我的心一下子又从胸口提到了嗓子眼,我知道,可能是他的女朋友吧?

但好奇心又促使我不得不问,像你前女友吗?

他笑着摇了摇头。

谁知道我会问这么白痴的话,连前女友都问啊?这么帅气的男孩子,如今的女朋友可能都有一个加强连了。

不过,既然已经说出来了,说出去的话,如同泼出去的水,已经收不回来了,再说了,樊凡好像也不是那种太计较的男孩。

可我还是想探究一下,我是不是真的像他的前女友。吴小霜总骂我,活在自己想象的真空中,属于没事找事,欠抽型的!

我总是将拳头攥紧,来一句,哪个臭小子想揍我,不想混了吧。

每每这时,吴小霜总是把我的胳膊打下来。说,柳絮儿,你能不能不要再惹事生非了,你这样,就像个天生的小混混。

樊凡笑眯眯地给我递过来一瓶水,他笑起来真好看。

我望着他在发愣,他也许感觉到了我眼中的异样。

他说,柳絮儿,来看一看我的油画。

画中,一个美女斜倚在古朴的藤椅里,一只手托着下巴,眼神迷离地望着远处,那条碎花小布裙,还有那略带棕红色的头发,披散在肩头,有一种别致的韵味。

我的泪水毫不争气地涌了出来,我连一句告别的话都没有,匆匆忙忙地逃离了那间画室。

三人行

其实青春就像一堆沙,流泪过,它才会凝结。有吴小霜这样的闺蜜,是不是也不错呢?

有人说,初恋像水一样,是最纯净的,不能有哪怕一丝一毫的杂质。

自从那次在樊凡的画室里,看到了闺蜜吴小霜的画像,我的心里五味杂陈。

我把自己反锁在宿舍里,连续两天都不和吴小霜说话,任凭她在门外用尽了美声通俗,哪怕最后不得不改成民族的发音。

我都不想理她。

吴小霜不依不饶,她最后改成了铁砂掌,据说最后将两只手掌差点拍成了红烧猪蹄,我依旧不理她。

吴小霜这个妖女,她抬起她的不知是少林还是武当的脚,一踹二踹再踹!

门丝毫未动,她终于选择了放弃。

门外没有动静了,我终于缓缓地打开了门,因为我已经饿得前胸贴着后背了。

我感觉自己能吃下一头牛。

门刚打开了一条缝,一块硕大的鸡腿和薯条挡住了我的去路。

> 第一章 校园大风车

顾不得什么形象了,我一把抢过去,狼吞虎咽般吃下。

妖女吴小霜攥紧了拳头,狠狠地在我跟前示威,说,我真想揍你一顿。

说句实话,我真希望有人来揍我一顿,我把这话告诉了她,这个妖女竟然骂我,我回敬了一句,就算经济危机,你这个妖女也升不了值。

说这话的结果是,妖女吴小霜会板起脸,不跟我说话不会超过 24 个小时,呵呵,第二天,她保准腆着脸,笑嘻嘻地买些巧克力,分给我一半,我们俩相视一笑,这个恩怨就被一块巧克力给一笔勾销了。

饶了这个妖女吧,她只不过给樊凡当了一次 model 而已。

我正沉浸在自己说错话的自我批评当中,樊凡却从天而降了。

他突然大喊一声:"别动,千万不要动。"

我感觉自己像被施了定身法,僵直地站着,樊凡说了,这个状态你最美丽,也非常可爱。

我是因为美丽才可爱?还是因为可爱才美丽呢?

他急忙拿起画笔,聚精会神地勾勒着,而我,却在思考他说话的意思,是不是真的喜欢我。

樊凡看着我,那种眼神,就像一潭深不见底的湖水,清澈,干净。

而我,却沉浸在他眼睛的深渊里,难以自拔。

我从第一次见到他,就对他一见钟情,真感谢伟大的发明家,发明了这么感性的词,让我能够给自己的爱找到一个合理

31

爱情锁

的说法。

我现在才想起,吴小霜的话,如果你真正喜欢一个人,那他在你眼里,就如同金子一样闪亮。

今天为了见到樊凡,我特意地打扮了一下。

不过,还是有点中性,没有女性的那种妩媚。

平底的白帆布鞋、一件碎花布裙,这已经是我认为很女性的打扮了。

可吴小霜还是拍拍我的脸蛋说,你这样,只能像邻家的小妹妹,要想吸引住樊凡那种艺术气质眼光的男孩子。得穿高跟鞋,才能将你的双腿显得更修长,更能迷倒他。

吴小霜把她的豹纹高跟鞋拿来让我试,我刚试着穿了一下,差点崴了脚,我坚决不穿,坚持穿自己的运动鞋,牛仔裤,舒服!

我不能东施效颦,我要保持自己的个性,我最相信的一句话是,做我自己。

樊凡终于画完了,我僵在那儿,大声喊着,累,真累,做你的 model 真累。

樊凡笑眯眯地给我递过来一瓶水,他笑笑,这幅画送给你,喜欢吗?

超喜欢。

樊凡将这幅画随手送给了我,我将它挂在了床头,晚上睡觉前,总要静静地欣赏一番,吴小霜总是说,自恋的人,最终会扑向自己点燃的火。

自恋的女人懂得珍爱自己,我反驳。

第一章　校园大风车

吴小霜呸了呸舌头，开始大笑起来，直到她笑得直不起腰来了，我才明白，她是笑我说了一句，女人。

在她眼中，我就是一个男孩，哪是什么女人啊？

狠狠地唾骂她一顿，发誓从今天起，我要破蛹而出，寻找重生的机会，做一只蝴蝶。

我可是认真的，吴小霜这个妖女，终于停止了大笑，她说，看来，你中了樊凡的魔咒，不然，你怎么会这么认真。

对，妖女，我要追求我的爱情。

爱情版本

爱和野心从来都是在两条平行的轨道上行进，没有焦点。

自从妖女吴小霜被二点五的爱情故事感动得热泪盈眶时，他们俩的爱情剧，从此就在校园中拉开了序幕。

当然，如果能够像童话故事中讲得那样，王子和公主从此过上了幸福的生活。

可生活毕竟是生活，它不像童话故事那样美满。

妖女吴小霜，这个"黑霜"，浑身有着无尽的杀伤力，她就像一棵潜藏了多年的蓝色海藻，炫目而璀璨，却释放着毒素，让人不知不觉中毒。

为她中毒的人不少，至少在一中这个三千多人的校园中，

爱情锁

就有多个为她失眠的男孩子。据说,高一某男生,把吴小霜的剧照贴在床头,每晚临睡前,都要悄悄地去吻一下她性感的嘴,才肯睡去。

同宿舍的人发现吴小霜的剧照,嘴唇部分已经被舔透了纸,这个同学,受到老师的特别优待——谈话进行了长达三个小时,后来,小同学将吴小霜的剧照从床头取了下来。

这个妖女,却依然将长发飘起来,神情自若地走在校园中,后边便有人在宿舍楼窗口上对她大唱情歌。

妹妹你大胆地往前走

往前走,莫回呀头……

妖女吴小霜,虽然答应了和二点五交往,但她的心却没有真正给二点五。

可怜的二点五,一腔热血洒在了吴小霜这块冰冷的土地上,任你有七十二般武艺,一百零八种变化,也结不出一颗爱情的梨或者爱情苹果来的。

谁又能想到,妖女吴小霜对我说了,她喜欢帅哥,是帅哥她都喜欢。

我说:"妖女,你不能一网打尽吧,天下多少帅哥靓仔,难道你要阅尽千帆啊?"

谁知这个小妖大言不惭地说了,能够阅尽千帆那是一种气质。

不要给我谈气质。不是有位校园哲人这样说过嘛,如果一个男孩对你说你长得有气质,那是在变着法儿说,你长得很难看,已经没法形容了,只能用气质来形容了。

第一章 校园大风车

二点五可是从来不计较吴小霜的态度，看来，他打算用暖石头的劲儿，软化这颗冰冷的心。

不知道吴小霜这块顽石能不能真地被软化，这就看二点五的决心了。

可自从二点五和吴小霜交往以来，多少男孩子都为此愤愤不平，瞧，那个小白脸有什么好，只不过脸比我白点罢了，一副奶油小生的样儿。

也有人说，不就会弹个吉他嘛，唱几首勾引女生的情歌吗？咱比比足球，比比篮球，他一下子就被踩在脚底下了。

也有人公开挑衅，说，小子，有机会咱练练摔跤怎么样？

二点五不愧是二点五，他有着铜墙铁臂般捍卫爱情的决心，从来不为之所动。

吴小霜那天悄悄地对我说："我今天又见到慕容翰林了，穿一件风衣，那样子，太帅了。如果能够在他的肩膀上靠一靠，那也是一种幸福哟。"

吴小霜很神往地望着天空发呆，见她那个花痴样，我气呼呼地走了。

等她回过神来，我已经走出了好远。

吴小霜大呼小叫地赶了过来，我说："妖女，你能不能专一点，你没看过神话故事，也总听过吧，那里面的妖女，可都是一心一意的，哪像你，吃着碗里，看着锅里，想着盆里的，如果再这样，我就告诉二点五，让他先踹了你。"

吴小霜却满不在乎的样子说了，去吧，说去吧，我巴不得他离开我了，整天腻腻歪歪，像个娘们儿一样，婆婆妈妈啰里

爱情锁

啰嗦，成天在我耳边问，小霜，你吃了吗？小霜，你喝点啥？小霜，我陪你出去走走吧？小霜，我给你买了点香蕉，吃这个润肠。你说这样的男孩，还有点男孩子的气魄吗？

我终于无语了。

对于二点五来说，原以为自己的辛苦能够换来爱情，看来他还是错了。

爱情不是种地，只要付出了，就会有回报。爱情也如同种地，付出了，不一定就能有回报，比如虫害，冰雹，霜冻，这些都会让爱情这块地没有任何收获的。

吴小霜这个妖女，还在有滋有味地谈论着慕容翰林。她说了，你没见他那张脸，要鼻子是鼻子，要眼睛是眼睛，每一样都很到位，可谓棱角分明搭配合理哟，最让人动心的是他那双秋水般的双眸哟，都能把人迷死。

吴小霜依然一副花痴样，无限神往着她的慕容翰林，这个妖女走火入魔了。

正当吴小霜和我坐在校园的草坪上大谈特谈她的慕容时，二点五像跟屁虫一样来了，拎着一个大大的手提袋，里面花花绿绿的一大堆，全是女孩子喜欢吃的零食，豆腐干、麻鸡、瓜子，应有尽有啊。当然了，这些呢，不全是吴小霜一个人享用，还有我这个贴身保镖的一份了，当贴身保镖也能得到点小恩小惠。

自从二点五替代了我的角色，我再也不会为了这个妖女，接受众人眼光的洗礼了。

二点五最终还是没有赢得吴小霜的芳心。

他去了遥远的一个地方读大学，吴小霜每次提起他，眼眶都会泛红。

我擂她一拳说,早干吗去了?

妖女吴小霜

喜欢把自信写在脸上,手里紧握着倔强与坚强,你的青春过往中,是不是也有这样的时候?也有这样一个吴小霜呢?

夏天的午后,阳光仍肆无忌惮地挥洒着它的淫威。

我正在床上做着云里雾里的美梦,一阵急促的电话铃声,催命般地嚎叫着,我不情愿地拿起电话,懒洋洋地"喂"了一声,电话那头,吴小霜哈哈大笑着说:"柳絮儿,周公是不是赐你一个帅哥了?这是大白天哟,周公的推断是没有科学根据的。"

我在电话这头一下子急了,我骂道:"妖女,你小心我的照妖镜,哪天收了你,不知道我正在休息吗?"

这个妖女,依然没心没肺地说:"知道,所以打电话约你。吃自助火锅去,快点,不然就赶不上趟了。"

一听到饭局,我这个天生瘦肉型的家伙,总是一副难民的做派,将美食全部纳入肚中。

我挂掉电话,"嗖"一下从床上跳起来,胡乱得把稀疏而且卷曲的毛发,用手拨拉了几下,穿上一件棉麻T恤衫,一双运动鞋就出去赴宴了。

爱情锁

到了火锅店门口，老远地我看见一个高个子的男孩，如同彩虹一下子照亮了我整个蒙眬的眼睛。

我的目光至少在他的脸上停留了足足有五分钟。

一张轮廓分明的脸，不是太大却有神的眼睛，浓重的眉毛，这张脸，这个人真帅，我在心里这么想。

我想起曾经学过这么一个词，一见钟情。书上说了，一见钟情是男女的磁场作用，互相吸引了才行。而我只看到，他的眼睛在我身上也停留了几秒钟。我的一见钟情只是一个人的梦想而已，哪还有什么N极和S极的对撞嘛。

吴小霜那个妖女，变得更漂亮了。

最让我感觉到惊叹的是，妖女今天更妖媚，施了淡淡的妆，一件合身的白裙子，最吸引人的是妖女的脚上，一双三寸多高的宝石蓝色凉鞋，她竟然连脚趾也染成了蓝色。

看着她的妖媚样，我在猜想，这个妖女为了这顿饭局，在镜子前不知道转了几圈了。

吴小霜这个小妖女，从小就有一股妖气，能够将更多的目光吸引了过去。

最关键的是，她把导演的目光吸引过去了。

刚上初中二年级时，有个导演想在小县城拍一部农村题材的电影，在学校找一个配角演员。但当时，我们都不知道。

班主任把导演领到教室里时，导演一眼便看中了趴在桌子上乱画的吴小霜。

班主任说，是拍电影的导演，让吴小霜明天就去试镜，但是，还得回家和家长商量。

第一章 校园大风车

教室里一下子沸腾了,所有的人围着导演让他签名,导演没办法,只好签了名,并让吴小霜今天晚上给他答复。

有的男生还毛遂自荐说:"导演,你看我能不能演一个群众演员,镜头闪过五秒钟都行。"

导演呵呵地笑着说:"只要你们努力学习,将来肯定行,不过,这次不行,用不了那么多的演员。"

同学们都很失落,当然,也有人嫉妒,但我不,我知道自己很平庸,不在一个层面上,我真替吴小霜高兴。

吴小霜被突如其来的幸福给击倒了,她一个劲儿点头。

不知道谁提议,把她扛起来扔。一下子,教室中的男生女生,都把吴小霜扛了起来,喊一声:"一二三,扔。"

吴小霜吓得大声地尖叫,同学们的喊声早把她的喊声给淹没了,此时的她,是幸福的。这样波澜壮阔的场面直到老师送走了导演,重新回到教室里时,才恢复了平静。

从那以后,吴小霜就被我称为妖女的,我说,那么多女同学,导演怎么会看中你?你肯定使了什么妖术?

吴小霜一脸无辜的样子,说,怎么会嘛,可能是角色需要。我说:"小霜,你的名字有问题。"她一脸诚恳地问:"为什么?"

我说,霜是什么知道吗?我在农村老家的时候,每年到了四月,有时候,青苗都长到五指高了,一个大降温,所有地块全成黑色的秃茬,人都称之为黑霜,所以霜是具有较强的杀伤力的。当然了,幸好你叫小霜,不叫黑霜,不然,有多少人恨死你。

下课后,好多人趴在我们班的玻璃窗前,拼命地往里看,

爱情锁

他们看一看，导演相中的是怎样一个三头六臂，有的男生还在教室外边打着口哨，大声喊着吴小霜的名字。

有人竟然喊着："吴小霜，我爱你。"当然，这样大声呼喊出来的，有相当一部分是恶作剧。

自从拍电影之后，吴小霜成了校园名人。常常有很多男生邀请她吃饭。吴小霜去的时候，经常带上我，我成了这个小妖女的贴身保镖，让那些对吴小霜虎视眈眈的男孩子们恨得咬牙切齿。

没办法，谁让我妈和我奶奶从小把我当男孩子养呢，如果不是长得这么平常，我一定也会对镜贴黄花。

每次这种场合，我也不管什么形象了，我就记得吃，一般情况下，都会把自己吃到最高境界，如若不然，我感觉有负那些痴情男儿的一片心意。

因为吴小霜要保持自己淑女的形象，无论她喜欢与否，给人留个好印象，从这一重大责任来讲，我都义不容辞地担当起了吃客的重任，偶尔插一两句帮腔，借机打发掉那些黏在她身边的蜜蜂蝴蝶。

就这样，吴小霜平静地完成了她的学业。

如果我长得像马云

生活中有无限的可能性，也有很多偶然的巧合。文中的我，是幸运还是不幸呢？

第一章　校园大风车

说起来也很奇怪，那是很平常的一天，我和墩子两个人赶着牛刚从山里回来，就有一大群人围住了我们。

墩子吓坏了，撒开腿就跑，他气喘吁吁地跑了一大阵子，才发觉后面根本没有人在意他。

墩子就又折回来了，因为他不可能丢下我一个人不管的，我们俩是好朋友，墩子的娘前几年出去打工再也没有回来，他和爹两个人生活着，日子比我们家还艰难。

我被困在人群中，有好几个人拿着相机和摄像机，对着我拍摄。

有人说，像，真像。简直就是马云的翻版。

"太像了，赶明儿问问马云去，这是不是他小子当年闯下的祸根呢？"

"这发出去，整个一网红呀！"

"你爸和马云是不是弟兄俩呢？"

"你是不是捡来的孩子？"

"你叫什么名字？你们家几个孩子？你父母是谁呀？"

七嘴八舌的议论，我的头都晕了，我站在人群围成的圈里面，茫然地看着他们的嘴，发憷。

什么马云？马云是谁呢？网红是个啥呢？

"来，小朋友，看这里……对，对，就这样，看着我的镜头笑。"他们就这样指挥着我，让我笑，对准我不停地拍摄。我笑了，笑得嘴唇都抽搐了，我依然在傻笑。

墩子以为，我们俩昨天打了一只野兔的事儿被这些人知道了，他从人群里钻了进来，拉起我就跑，我也瞬间反应过来了，

爱情锁

跟着墩子拼命的奔跑。

我们俩在前面跑，那些人跟在后面追赶着我们。

不幸的是，我却被脚下的一个香蕉皮滑倒了，打了一个趔趄，倒了下去。

墩子又返回来打算拽我起来，还没等到他拉我，我已经被人抓住了。

"小子，你们跑什么啊？"

"叔叔阿姨，求你们放过我俩，我俩把野兔给你们就是了。"关键时候，还是墩子急中生智。

"什么野兔，我们不要你们的野兔，我们只是想给他拍个照片。"一个穿着马甲的人，衣服上有六个兜的人，他指着我说。

"为啥？"墩子疑惑了。

"因为他长得像马云。"

生在这个信息不通的小山村，我们俩只在晚上的时候，看看电视，我们没有网络，每天只知道在山上放羊，哪知道马云是天上的那朵云彩呢？

马云不是云，他是阿里巴巴集团的主要创始人，有好多好多的钱。

我和墩子这才相视一笑。

原来是我跟这个人长得像啊？

其中有一个拿相机的阿姨，拿出手机让我看了一段视频，那个人在台上演讲。

还别说，长得还真有点像。

阿姨说，你只是跟他的脸撞"衫"了，你不要怕，我们不

第一章　校园大风车

会伤害你的,只是在帮你宣传,说不定你就火了。

脸儿撞"衫"了,说句实话,我这张脸,就没有人愿意撞"衫",只不过,那个人叫马云,刚好是我撞了人家的。

这些人走后大概五六天后,我们这个小山村就开始沸腾了。

一向只有自行车和小三轮车通过的小路,现在却车水马龙,各种各样的小汽车蜂拥而来。

大家都是来看我这张脸的,有人要跟我合影。

合影就合吧,过了几天,村长带着镇长上门了,他们带来了好多慰问品,有好多时令水果,还有五百块钱。

镇长还没走,县长就来了,他给我们镇长和村长说了,要修路,要把我们的小土路变成柏油马路。

没过多久,我们村就大变样儿,一条宽阔的柏油马路通向了村外,村里好多老人都说,没想到,这小子,又矮又瘦的一小屁孩儿,长得像猴子似的,还有这么大作用呢?

县长决定,在我们村发展旅游,家家户户都办农家乐。

当然,我成了他们的重点保护对象,我的吃穿住行都由镇上专门派人来管。

我不能再去放牛了,为此,墩子很失落。看着墩子一个人赶着牛去山上,我也想去,可他们就不让我去放牛。

有一天,市长来看我了,他说,你还有什么要求吗?

市长看起来很和蔼,我就说:"我的朋友墩子家很穷,你们能帮帮他吗?"

市长面露难色说:"小马云啊,你还小,有些事儿还不懂,因为他长得不像马云。"

爱情锁

后来，又来了一个拍电影的摄制组，说我们村可以作为外景拍摄地，要拍一个什么喜剧电影，总之，这一切都因为，我长得像马云。

他们拍的视频我看了，字幕是这样的：不要以为一切都是梦想，假如你长得像马云。不要以为你一辈子就是穷人，假如你长得像马云。

第二章　爱情摩天轮

> 爱情，是一把雨伞下，两个身影的真情相拥，是在无尽的追寻中，遇到一个又一个巧合和偶然，也会有无数的意外和错过。是习惯了等待，还是在无法抗拒中站回等待的原点，直至情到深处人孤独。

错位的爱情

爱情刚刚好，是在对的时间遇到了对的人，如果在对的时间遇到错的人，或者在错的时间遇到对的人，都是错位的。

她的绣球从三层高的阁楼上抛下去的时候，她淡定地望着那些来自不同地方的游客们。

"噢，噢……"楼下的人群中挤满了一个个兴奋的面孔，那些人的手伸得老长，绣球在他们的手里被哄抢着。

绣球被一个四十多岁，有些儒雅风度的男子抢到了手。

这名男子也被换了装，被侍卫带到了楼上和一身大红衣裙

爱情锁

的她,她们手执红绸,拜了天地。

主持人在大喊:"一拜天地。"

"二拜高堂。"

"夫妻对拜。"

送入洞房,揭开盖头的那一刻,她看到他眼中的柔波在荡漾。

她表演的仪式到这里算结束了。

她已经习惯与各式各样的男子表演成亲,知道都是假戏假做,也就不会付出太多的感情。

有年轻的小伙子,还有五六十岁的老头子,总之,什么样的目光她都能够接受,也都淡然一笑而过。

她完成了一场成亲仪式,便开始脱去红嫁衣,站在台下欣赏着自己的同事在和另外一位陌生人举行成亲仪式。

一袭红妆的美女,让她似乎看到了自己。

人群中,有两道温柔的目光,却犀利地射向了她。

"娘子,能否赏个脸,请你吃个饭呢?"那个男子有一张棱角分明的脸。

"这……"她从来没有想到,会有人邀请她吃饭,这有悖常理,多数游客都是和他表演成亲,然后,拍个视频,拍几张照片,然后,制成光碟留个纪念而已。

然后,就已经忘记她是谁了。

他成了一个例外,她的脸绯红一片。

"我想你不会拒绝的。"他大方地想挽她的胳膊,她顺势微微抬起了胳膊,只是轻微的,手却被他握在了掌心中。

第二章　爱情摩天轮

他的掌心光滑而润泽，她似乎忘记了拒绝。她在想，这是一个养尊处优的男子吧！

默默地跟着他，来到了她们当地的小饭店，饭后，他说，他对这个地方不熟悉，希望她能够做他几天的导游，价格随便开。

她思忖再三，还是向她们经理请了假。

她带他游览了大大小小的景点，每到一处，她都详尽地解说当地的风土人情。

而他像对待初恋的情人一般，热烈而奔放，在景点给她买各种首饰。

她很享受和他在一起的日子，他对她说："我爱上你了，你跟我回家吧！我给你买大房子，让你成为这个世界上最美丽的新娘。"

虽然只有短短的七天，她发现自己也爱上了这个儒雅而体贴的男子。

她不能离开家乡，那里有生她养她的爹娘，还有……

她黯然摇头。最终，他驾着车离开了这里。

对于他来说，这里，只是他游历过的一个地方，而她，却根本走不出这样的大山。

望着他的汽车远去的方向，她轻轻地说了声："对不起！"

她永远不会对他说："她已经成家，虽然只有二十二岁，可她却已是一个两岁孩子的母亲，家里还有一个诚实善良的老公。"

其实，她完全不必内疚，她也永远不会知道，他已是两个

爱情锁

孩子的父亲，家里也有娇妻。

爱情锁

有形锁锁住了手和脚，至少爱还活着，无形锁锁住心，爱却生锈了，爱其实也是一把无形的锁。

"丁明泽疯了！"

"你听谁瞎说的？"

"我亲眼见到！"米薇喝口水，口气冷冽而决绝。容不得我怀疑她话语的真实度。

我用征询的目光探测着，短暂的沉默，却没有割断两个女人内心深处那条若有若无的连线。两条以我和米薇为点的射线，顶端都有一个人——丁明泽。

谁也没有想到，五年后，竟然是这样的结局。

此时，我们俩人坐在咖啡厅里三角形转角桌边。现在是夏日午后两点半，大多数人都沉浸在午休或者午休后的慵懒状态中。空气滑腻腻的，流速似乎也不顺畅了。

咖啡馆坐落在一条深巷子里，周围是一溜儿用石块砌成的自然墙壁，爬满墙的绿色藤蔓，把咖啡馆的青色砖块掩映着。景色不错，确是难见的都市休闲地了。这里晚上生意很好，经常会爆座。

第二章　爱情摩天轮

面前的两杯咖啡渐凉。米薇的目光，定格在了她对面那个空座位上。

"给我一个空杯子，和这个一模一样的。"她左手端起咖啡杯，用右手食指指给服务员。我茫然地望着米薇，看她到底想干什么？

她双手从服务员手中接过那只空杯子，小心翼翼地放在对面的空位子上，然后，端过自己的咖啡杯和那只杯子对碰了一下，神情凝重，连空气也似乎凝结成了块，稍有闪失，便会喀嚓作响或者断裂。

"快说呀，你想急死我啊！"

米薇突然间双手捂住眼睛，肩膀一耸一耸地低泣着，随后便忍不住呜咽着。她的哭声惹来了许多好奇的目光，有几个人从高耸的沙发靠背处，侧过身子打探着，见两个女人坐一起，便都不由自主地缩回身子。

我没有拦她，任她好好哭上一阵子，此刻，沉默是对她最大的安慰。

米薇哭了大概有十多分钟，她才缓缓地抬起头来，两只眼睛像两颗鲜红的桃子，我适时地递给她一张纸巾。才仔细地打量了一下她，她这次去西北旅游，竟然晒黑了。她的皮肤一向都是出奇的白，再怎么晒也不会失了成色。

她擦完了眼泪，平静了下来，还没等我着急问她话，她好像在自言自语地说："爱其实也是一把无形的锁。"

说这话时，她已经将眼镜挂在了鼻梁上，而且很哲理地向上推了推。

爱情锁

"少废话，别装深沉了，快说说，你这次西北之行，到底发生了什么事儿？"我是个急性子，说话总是竹筒里倒豆子，容不得谁磨磨唧唧，慢慢腾腾。

毕业的那天，丁明泽面对两个真心爱他的女子——我和米薇。

他背着背包，拎着相机，头也不回地离开了。他说，三年之后，他再做决定。

我放弃了，米薇却执着地奔走在寻找他的路上。

他去西藏，她追随。他去新疆，她继续追寻着他的脚步。

然而，米薇每次面对的，都是丁明泽有了新的驴友。

三年了，丁明泽最后的选择是，一个和他一样喜欢旅行的姑娘，那个小姑娘，说话温柔如水，做事却斩钉截铁。

他将家也安顿在了宁夏的一个小城里，她爱他，爱得如痴如醉。

和她相恋之后的丁明泽，渐渐地发现，她的爱令他窒息。

她不允许他有除了她之外的女生，丁明泽几乎和我们全班同学都失去了联系，他的手机被换了号码，微信、QQ这些和外界有联系的通道，都必须经过她的审核。

丁明泽在一个夜里，爬上了二楼的窗户，跳了下去，可他却只是摔断了腿。

腿伤了，她的女友依旧对他温情脉脉地呵护着，端茶送水，洗衣服做饭，甚至连洗澡都帮他。

丁明泽却面对外面的世界，目光空洞，嘴里念念有词，细细倾听，才发现，都是在念叨我们班同学的名字。

第二章　爱情摩天轮

腿伤好了的丁明泽，却窝在家里不肯出来，他有时候在大街上旁若无人地裸奔。

他的小女友经常含着眼泪把他从大街上拉回。

米薇去宁夏旅游的时候，相机的镜头正好聚集在了那一幕。

城里的月光

爱，很简单，有时就是病床前的一杯热开水，只要有爱存在，谁会计较外在的东西，那些把爱情仪式搞得异常隆重的人，一定是还没有真正的相爱。

夏笛最看不惯她们家保姆秀秀和保安许大军秀恩爱了。

这不，许大军手里拿着一个烤红薯，掰成两半，把大多半给了秀秀，给自己留了一小块，秀秀满脸喜气，像吃了山珍海味般高兴。

秀秀转身碰见了夏笛，夏笛用鄙夷的眼神，瞥了一眼秀秀说："就这种铁公鸡，一看就是个一毛不拔的主儿，你图他什么呀？"

秀秀咧开嘴笑着说："他对我好！"

夏笛的男友安洋正殷勤地打开车门，一手护在车门顶上，生怕把夏笛的头发丝都碰上吧。夏笛钻进了车里，车在秀秀面

爱情锁

前飞一般开走了。秀秀望着跑远的车，乐哈哈地唱着："啊啊，五环，你比四环多一环啊……"

秀秀走进家门，她想起夏笛的那句话，你图他什么呀？是啊，图什么呀？

秀秀想了想，她还是觉得许大军人实在，一门心思对自己好，同村来的梅尔，一个劲儿仗着自己傍了个有钱的老头，经常趁老头不在家时，邀请许大军去她家坐坐，可是，许大军就是瞧不上梅尔，一次都没去过。

许大军一门心思对秀秀好，他说："秀秀，我一定努力赚钱，争取将来在这座城市里给你买一套房子，房子不用太大，够住就可以了，只要能让你坐阳台上看城里的月光。"秀秀听了特别感动。

秀秀打扫完夏笛的家，许大军给她送来了一盆铁杆海棠，大红的花儿开得正艳，秀秀说："那就放夏笛家阳台吧。"夏笛不喜欢养花，嫌麻烦。那盆铁杆海棠一放进来，阳台上立马热闹了，铁杆海棠开花早，似乎把整个春天都给叫醒了。

那天，秀秀随口说了句，夏笛家阳台一盆花儿都没有，太冷清了，如果把我们家院子里的铁杆海棠放进来，那多热闹。

许大军就记住了，他去花卉市场买了一盆铁杆海棠，一直养到开花了，才送了过来。

夏笛今天什么时候回家的，秀秀都没有发觉，大概是睡得太香了。

晚上十一点左右，秀秀被夏笛屋里的动静给吵醒了。门虚掩着，秀秀推开门，吓了一大跳，满地血，夏笛面色苍白，虚

第二章 爱情摩天轮

弱地倒在地上,秀秀吓坏了,她急忙拨打了120,然后又给许大军打了电话,许大军帮忙把夏笛送到了医院,经过医生的抢救,夏笛终于脱离了生命危险。

主治医生责备许大军说:"你这家属怎么当的,再晚来半个小时,夏笛就会大出血而死。"

许大军陪着秀秀,一直把夏笛看护到第二天早晨,夏笛醒了,许大军为她们买了早餐,又接着回去上班了。

秀秀见夏笛拿着手机,一遍又一遍地拨打着,可是,对方仍然关机。

夏笛的泪水婆娑着,秀秀安慰她说:"安洋可能忙着,说不定他出差了呢。"

连着三天,夏笛的男朋友都没有出现,秀秀就纳闷了。

直到夏笛出院了,也没见安洋的人影儿。

她们叫来了出租车回了家,那晚,秀秀陪夏笛坐在三十三层的阳台上,夏笛不让开灯,黑暗中她点燃了一支烟,烟头明明灭灭的在闪烁,像这两个女人的心事儿在忽闪着。

夜深了,一轮月亮升起来了,月光如水般流泻进阳台。

夏笛说:"他现在人间蒸发了。"

秀秀依旧安慰夏笛,可能是因为工作上的事情,忙吧?

夏笛猛吸一口烟,吐出一个烟圈,烟瞬间飘散了。

秀秀在第二天买菜的时候,却看见了那四个圈的车子,车牌号是安洋的。

秀秀刚打算拦着他,想告诉他,夏笛在找他时,却看见安洋拥着一个长发美女钻进了车里,秀秀气得在车后直跺脚。

秀秀回家时，经过保安室，许大军抱着一个暖水袋给秀秀说："你这两天不要用凉水，用这个暖暖肚子吧。"秀秀娇羞地接过暖水袋，这个许大军，竟然记得她的生理期。

秀秀回到家，夏笛依旧坐在阳台上抽烟，秀秀抬头望了望天空，月亮在乌云间蹿过，她没敢告诉夏笛，她看见了什么？

秀秀只是把暖水袋递给她说："天凉，用这个暖暖心吧！"夏笛再也不绷着脸了，她抱着秀秀，狠狠地大哭了一场。月光如水般流淌在城里的阳台上。

撞了一下腰

感情经不起暴风雨的侵袭，碰触了就痛了，那些篆刻在心底的记忆，"瘦"尽一生也无法磨灭。

宜小萱长得丑，这可不是我危言耸听，但凡见过宜小萱的人都这么说，不过，都在背地里偷偷地说。

宜小萱长了一张猪腰子脸，头大，鼻梁处有许多雀斑，头发成天乱蓬蓬如蒿草，一双席篾眼，大睁着也一副没睡醒的样子。

关键是她腿短，屁股大，好多人都说没有丑女人，只有懒女人，其实，宜小萱也不懒，只是，她常常顾着搞科研，总会

第二章　爱情摩天轮

忘记收拾自己。

不过，待在研究所里，宜小萱也不用太收拾自己，同事们大多都抱着电脑，每天不是低头搞研究，就是校对研究数据，大家的心思全集中在科研项目上，有时候遇到项目收工阶段，大家连续几天不休息，每天蓬头垢面是常有的事，谁还在乎宜小萱长得丑与美呢。

也难说，像宜小萱这种丑极了的女子，竟然也会被幸福撞了一下腰，这让研究所的其他女人们大大嫉妒了一翻。

有漂亮女子对着宜小萱的背影迷茫地咂咂嘴巴摇摇头说，看来，这年头，帅哥的审美是日趋前卫啊！

可说归说，宜小萱的男朋友唐盛一米八五的身高，那张脸白皙超帅气。

那天，宜小萱刚下班，背着一个电脑包，急匆匆打算赶公交车，没想，却被一辆银白色的小汽车撞倒在地上，还好，没什么大碍，只是左小腿骨折。

开车的司机，正是唐盛。宜小萱虽然被车撞倒，但大脑看起来还清楚，唐盛急忙去扶躺在地上的宜小萱，可是，却看到，宜小萱像保护孩子一样抱着自己的笔记本电脑。

宜小萱被送往医院治疗，医生为她打了石膏，然后，对她说，伤筋动骨一百天，至少得休息三个月左右，等骨头长好了才能下地走路。

此后，唐盛每天侍候着宜小萱，为她炖骨头汤，慢慢地，爱的火花就给擦了出来，而且一开始就呈现出了燎原之势。

还别说，都说爱情是女人的美容汤，宜小萱也开始打扮自

爱情锁

己了。

不再成天穿着所里的工作服上下班了，出门时也会涂上唐盛送的唇膏，或者将自己蓬乱的头发，戴一个镶钻的发卡闪烁着。

朋友们常常打趣宜小萱，用什么招数让帅哥服服帖帖百依百顺的。

爱情来得如此突然，这让宜小萱有时也疑惑，这是不是真的？这样想的时候，她常常掐着自己的胳膊，等出现青紫的斑痕时，她才明白，的确是真的。

唐盛有一家不大不小的公司，他的工作非常忙，每天不是和客户签合同，就是陪着客户打高尔夫球。但无论多晚，唐盛晚上都会赶到宜小萱的住处。

这让宜小萱很是过意不去，有时候，碰上单位的项目紧，她就把课题拿回家做。唐盛对宜小萱体贴入微，有时候会为她煮夜宵。

研究所的项目终于算是杀青了吧！单位特批宜小萱一周假期。

宜小萱打算给唐盛一个惊喜，她知道，唐盛喜欢收藏，她决定，把自己这几年的家底拿出来，为唐盛买一件喜欢的藏品，虽然，与唐盛的财力相比较，她这个也算九牛一毛了，只要唐盛喜欢就行了。

那天，她走进一家古玩店，店主一副暴发户的模样，粗壮而短的脖颈里，一条手指粗的黄金链子，勒进了耷拉下来的肉里，时隐时现。

第二章 爱情摩天轮

店主摇着蒲扇，对宜小萱极尽恭维，宜小萱心里明白，店主是为了买她的好，宜小萱看中了一个青花瓷的碗，做工精细，乾隆年间造，最后以五万元的价格买下来了。

宜小萱打算给唐盛打个电话，约他晚上见个面，她在掏手机的时候，却发现了，穿着白色西装的唐盛，手挽着一个娇艳的女子从古玩街旁边的宾馆里出来了。

宜小萱打算跑上前去确认时，那两个人早已钻进了车里，一溜烟地跑了。

宜小萱差点晕倒，店主帮忙把宜小萱拉坐在了一条椅子上询问理由，宜小萱以头晕为借口匆匆逃离。

晚上，唐盛穿着一件米色的夹克衫回来了。宜小萱破天荒地问唐盛，今天都做什么了？和谁在一起。

唐盛轻描淡写地答："和单位司机小刘，陪陈总玩高尔夫啊。不信，你可以问问？"说着，掏出自己的手机打算打电话。

宜小萱不可能打电话询问的，她说，我今天在古玩街看见你了。

唐盛笑着说，怎么可能？然后，他搂过宜小萱说，你可能看见的是我的那个双胞胎的哥哥——唐峻。

宜小萱也吃了一惊，怎么没有听你说过，你还有一个双胞胎的哥哥啊？

唐盛说了，你也没有问过呀！

过了两天，宜小萱见到了唐峻给自己发来的问候视频，说，工地上太忙了，等忙过一阵子，就去看弟妹。太像了，真不愧

爱情锁

是双胞胎，连说话声音都像。

宜小萱很是惊奇地问唐盛，你们俩这么像，你妈妈怎么区分你们呢？

唐盛说了，我哥耳朵后面有一颗黑痣。

唐盛还讲了他们小时候的故事：说，他比较乖一点，哥哥调皮，每次妈妈给他们洗澡，好多次，他都被洗了两次，而哥哥总是会逃脱。后来，妈妈也知道，洗澡的时候，先看耳朵后面的标记，这样，才能分清他们哥俩。

知道唐盛有一个双胞胎哥哥之后，宜小萱打算将青花瓷碗送给唐盛当作生日礼物。

为什么不能向男人求婚呢？

然而，专家的鉴定结果，让宜小萱大失所望，那个青花瓷碗，最多值几千块钱，宜小萱的计划落空了。

晚上，唐盛回来了，他满身的酒味儿，倒在床上，便呼呼大睡了。宜小萱忙着给他拿毛巾，忙着倒茶醒酒，然而，她意外的发现，唐盛的耳朵后面，有一颗黄豆大小的痣。

就在此时，家里的门铃响起，警察出现在了宜小萱的面前说："麻烦你跟我们走一趟吧，根据我们这几天的排查，你的电脑涉嫌出卖研究所科研机密数据。"

宜小萱望着还在床上呼呼大睡的唐盛，她抱起那个青花瓷碗，从高处抛了下去，她感觉后腰被狠狠地撞了一下。

> 第二章　爱情摩天轮

该把他的家谱调查清

文中的我，是幸运还是不幸，是缘分使然，还是真爱无敌呢？我是一个导游，常常是来去无定数。那天晚上十二点多了，我才疲惫地回家。心里想着，袁伟这个懒虫用怎样一个形象来见我，他肯定睡成了一只大虾米。

怕吵醒他，我用钥匙打开门，眼前的一幕把我吓呆了，他正和一个女子相拥入眠，完全没有察觉到有人进来。

我"啪"的一下摔碎了桌上的茶杯，而后给了袁伟一个脆响的耳光，哭着扬长而去。已是午夜，我拖着行李，流着泪水踌躇在大街上，我才悲哀地发现，偌大一个城市，没有我的容身处。我只好去找绍刚。绍刚睡眼惺忪地打开门，接过我手中的行李说："欣欣，你总是这样，可你只能住三天，三天以后，我妈要来。"我说："好，我明天就去找房子。"绍刚是我大学同学，在学校时，我俩历经了一场如火如荼的校园爱情。可后来，他看不惯我火一样的性格，我也见不得他的吝啬。就这样，我们分手了，但还是好朋友。第二天，我就找到了房子，房主是个瘦瘦高高的帅气小伙子，叫余泽。我就从绍刚那里搬到了我的新住所，一个人躲在角落里听歌。那天，我还在被窝里，一阵电话铃声吵醒了我，是绍刚。他压低声音说："欣欣，你得帮我。"认识他以来，从没见他这样低声下气过。

爱情锁

"不就是充当你女朋友,见见你母亲吗?你有那么多女友,怎么记起找我呀?"我最终还是答应了。穿上我那套端庄的裙子下了楼,余泽在身后提醒,"欣欣,拿上伞,雨下得好大呀"。我感激地接过他手中的伞,他深情地目送我远去。在饭店里,惊讶得不止我一个人。陪在绍老太太身边的那个人,竟然是袁伟。绍刚介绍说:"这是我母亲和弟弟袁伟。"我努力不让自己的眼泪流出来。

早就听绍刚说过,父母离婚后,他随父亲姓,弟弟随母亲姓。可谁想到,这世界就是这么小啊。

"欣欣小姐很漂亮呀!"绍老太太客气地说。我的脸红一阵白一阵,额头的汗珠细细密密地渗了出来,绍刚殷切地问:"不舒服吗?"我努力保持镇定自若,尽可能地做到滴水不漏。我没法抬头去看袁伟,我的伪装都快要被识破了。心中有一丝抱复的快感马上将尴尬融化,这一顿饭,吃得貌似融洽,实则各怀心事。

快要结束时,绍刚说:"袁伟正失恋,他见不得我甜蜜。"老太太却说:"他是嫌我浪费了他的时间,你这个当哥哥的,有空给弟弟介绍一个女朋友啊。"袁伟拉开门,头也不回地走了。

后来,袁伟找过我几次,我懒得见他。

他一个从来做错事不肯认错的人,这次,却三番五次地请我原谅。

一年后,余泽成了我的护花使者。我们的婚礼好热闹,绍刚带着母亲来祝贺了。余泽介绍说:"欣,这是舅妈和表哥,还有一个表弟,晚一会儿过来。"我尽力使我的表情不至于毁坏我的新娘子形象，老太太说了："欣欣这么聪慧的姑娘，我们家绍刚没福气呀。"绍刚讪讪地笑着说："瞒不过我妈了。"

袁伟来了，他呆若木鸡地站在那里足足两分钟，余泽一把拉过他说，"快叫嫂子，还有红包呢"。我站在原地，心潮澎湃成了一汪大海。洞房花烛下，我抡着粉拳打了他一下说："早知道这样，应该把你的家谱调查个清楚再说呀。"余泽的脸笑成了一朵花，他说："上帝把你赐给了我们这个家族，你总是逃不掉得呀。"

美女蛇

像是邂逅一场盛景后，摆出美丽苍凉的手势。比如说：此情可待成追忆，只是当时已惘然。纵有千种风情，更与何人说。

卢亚玲毫无创意地给自己起了一个网名叫亚玲。

今天刚一上线，叫秋水的网友便来搭讪："美女，你好。"卢亚玲微笑着说："如果我是美女，世界上所有的美女都死光了。"

秋水：难怪我很难见到美女，美女都被你给咒死了。

卢亚玲发了一个搞怪的表情过去。

秋水：问你个问题，你说美女蛇是美女还是蛇?

亚玲：是美女也是蛇。秋水：这个是一个短语，或者叫短

爱情锁

句,省略式短句。

秋水还在喋喋不休地讲美女蛇到底是一个什么样的生物,亚玲早已下了线。

卢亚玲明白,三十岁是女人的一道坎儿,过了这个坎儿,便是另一番世界了。

手机响了,一个陌生的号码,卢亚玲接起,对方笑着说:"美女,你好!"

卢亚玲警惕地问:"你是谁?"

对方说了:"我是谁,并不重要了,重要的是我知道你。"这么一说,卢亚玲更紧张了,她说:"你有什么事吗?没事,我挂了。"

"如果美女不介意的话,今晚8点,丽人岛咖啡馆,能否赏光喝杯咖啡呢?"对方很滑头。

"如果我不答应呢?"电话那头非常自信地说:"你会来的。我知道你老公今晚会去那里和美女约会。"

今晚这个约会,无论如何得去一下。卢亚玲盯着窗外那面灰色的墙,墙上攀满了爬山虎的茎,褐色带点黑的茎杆如同一条条蛇,爬满了整个墙面。

卢亚玲感觉自己心里也爬满了蛇,大大小小的蛇纠集着。

曾经,有个朋友带她去一个养蛇厂参观,她被蛇吓得跑断了高跟凉鞋的跟儿,后来,每晚梦见蛇,缠绕着自己的脖颈,直到窒息。

卢亚玲的老公李凡在一个比较清闲的单位当领导,朋友总提醒她,要盯紧你老公。卢亚玲从来不担心,老公会搞办公室

第二章　爱情摩天轮

恋情。

老公手下管着三个人，一个90后的女孩，兼单位的司机，那个90后，每天风风火火，头发理成爆炸形，张牙舞爪地竖在头顶。

一个蔫巴巴的老头儿，负责管理单位的后勤。还有一个四十多岁的老美女，管理单位的财务和办公室业务。

临近下班时，卢亚玲还在思索着那个陌生人的电话，她宁肯相信是那个人想约自己的借口，也不愿意相信老公会去搞婚外情。

卢亚玲的心还是有些不踏实，这年月，难道谁想绑架自己吗？

卢亚玲的心怦怦地跳着，她做了最坏的打算。如果遇到不测，她连对策都想好了。

一阵急促的电话铃声，打断卢亚玲的思绪。她拿起话筒，老公李凡毫无悬念地对她说："今晚回来的晚一些，单位里加班。"

卢亚玲将自己精心打扮了一番，她一定要会会这个藏在暗处的男人。

卢亚玲换了一套紫色的昵裙，外面穿了一件黑色的呢大衣就出门了。

卢亚玲赶往约会地点，她有一种敌人在暗处，自己在明处的挫败感。

她早早地站在丽人咖啡馆的门口那棵铁树下，长长的，密密的树叶儿在冬天里直立着，卢亚玲站在树影里打量着每一位

爱情锁

进出咖啡馆的男男女女。

时间已过了半个多小时,卢亚玲紧紧地盯着自己的手机。时不时朝咖啡馆这边张望着。

咖啡馆里,幽暗的灯光,一串串绿色的人造藤,从玻璃窗里由上而下的生长着。

脑海里闪现着美女蛇三个字,卢亚玲看一下通话记录上那个陌生的号码,她准备回拨过去。

这时,一个熟悉的身影从车上下来了。

李凡,他不是说自己加班吗?卢亚玲感觉到头嗡嗡作响。

卢亚玲下意识地往树影下挪了挪,悄悄地躲在了咖啡馆的另一丛铁树后边。

老公走向了角落里,一个穿着妖艳的女子,烫着大波浪长发,女人只给卢亚玲一个背影,她亲昵地走向了李凡,朝着他的脸亲了一口。

卢亚玲真想上去,狠狠地扇他们每人一个耳光。

她调整了一下自己的思绪,如同在看一场韩剧一样,极有耐心地看完,似乎坐在那里跟别人幽会的人是别人的老公,与自己无关一样。

事情太戏剧化了,一个矮个子男子,瘦瘦的,他拿着一个相机,突然间冲到了李凡和那个女人的跟前,闪光灯的红光扑闪着,那两个人显然没有意识到,男人指着女人的鼻子骂,女人才下意识地从李凡手中将自己的手抽了出来。

男人气冲冲地指着女人的鼻子说:"你,你……"显然这个人被气坏了。

第二章 爱情摩天轮

女人大声地呵斥着男人,但声音里显然没太多底气,她说,倪秋水,你想干什么?

那个男人被妻子大声的呵斥吓住了,他突然间抱着头蹲了下去。

李凡显然也没有意料到事情会发生的这么突然,他想从人群中溜出来,不料,那个叫倪秋水的男人,一把拉过李凡的手说,大家都过来看看,这就是和我老婆偷情的那个男人。你别跑,好戏还在后头了,我已经约了你老婆,她一会儿就到。

卢亚玲看清那张脸,是老公单位那个会计。

卢亚玲飞快地跑出咖啡馆,她拦了一辆出租车,以最快的速度回到了家。

一向从来不抽烟的卢亚玲,点上一支烟,然后,任凭淡紫色的烟雾弥散着,缭绕着,如同一条条蛇在空中盘绕着。

她无力地躺在床上,嘴里不停地念叨着:"美女蛇,美女蛇……"

鸳鸯火锅

想你也是一种幸福,是我快乐的源泉,让我的思念在心底里蔓延,蔓延……会不会有那么一天,你的温柔都属于我,我不会再让你流泪难过。

爱情锁

盛可可是和一帮朋友们吃火锅的时候，意外地遇见叶冰淼的。

当时，盛可可他们在火锅店点了一个麻辣汤锅。一杯接一杯的白酒下肚，他们三个人都有些兴奋了。

上了一趟卫生间回来的冬子，神神秘秘压低声音说："我发现一位美女。"冬子朝对面努了努嘴。

三个人的目光齐刷刷地看向了对面的美女。

只见这个美女一个人点了一个鸳鸯火锅，对面放着一个碗一双筷子，整个人看起来很落寞。

还没等他们的目光收回来，陆远光已经手端着酒杯，摇摇晃晃地起身，坐到了美女的对面。

"你，你好，我叫陆远光，来，美女，我，我敬你一杯。"陆远光地到来，这位美女显然吃了一惊。

"对不起，我不会喝白酒，只喝红酒。"美女很快恢复了平静。

"我猜你在等一个人，但他今晚没有来，对吧？"陆远光很自信地说。

美女冷静地看着他，说："谢谢。我只想享受和他在一起的时光，你打扰到我了。"

盛可可急忙赶过去，把陆远光从那个座位上拔起来，陆远光仍然不死心，嘴里还在絮叨着。

"对不起，我朋友喝得有点多了，你别往心里去啊！"盛可可的温文尔雅，在他们三个当中是被当作笑柄的。

虽然把陆远光拉回来了，但三个人似乎都觉得多了一种异

第二章 爱情摩天轮

样的味道。

"远光,你行啊,平日里像闷葫芦一样,今晚这搭讪的本事见长啊!"冬子端起酒杯,敬陆远光酒,陆远光一饮而尽,豪情万分啊!

盛可可的座位,目光刚好能看到对面美女的举动。

只见美女端着一杯红酒,不停地转动着杯子,菜几乎没动,随后,她给另一个高脚杯里盛上红酒,然后,对碰了一下,放在了桌子的对面。

泪水一点点地滴落在了杯子里。

盛可可心中的同情油然而生,他几次抬起的屁股又坐下,始终没有站起来的勇气。

与此同时,冬子也注意到了美女的情形,他也拿着酒杯走了过去。

"美女,一个人喝酒多寂寞呀,看样子,你是失恋了呀,没事儿,失去了一棵树,还有我们这片大森林嘛!来来来,喝一杯。"冬子的油滑,并没有打动美女的芳心,她都没有正眼瞧一下冬子。

冬子主动把自己的小酒杯凑上去,美女往后缩了一下手,冬子的酒杯停在了半空中。

好一阵子,空气中似乎飘浮着许多莫名的因子。

冬子一仰脖,将一杯酒狠狠地猛灌了下去,悻悻地回到了座位上。

没有人愿意再去自找没趣了。他们吃完了饭,喝足了酒,结账走人。

爱情锁

三个人，从三条方向分别走了。

盛可可离开，他又折了回来，发现那个美女已经喝醉了，她一个人泪水横流。

盛可可随手抽出一张纸巾递了过去，美女却一把拉住他的手说："祺祺，你知道吗？每年的今天，我都会一个人点一个鸳鸯火锅，我知道，你家里困难，你说，你最大的愿望，是请我吃一顿鸳鸯火锅。可是，你怎么食言了呢？你这一走，我心里空了。这个城市也成了空城。"

盛可可继续抽了一张纸过去，美女接过了纸，擦了一把眼泪，又开始说："祺祺，我叶冰淼就喜欢你的真实。可是，病魔怎么就偏偏缠上你了呢？我知道你有个妹妹，每年生日我都给她寄玩具，让她开开心心地过。"

盛可可终于让叶冰淼安静了下来，他叫了出租车，打算把她送回家，却赫然发现，冬子和陆远光站在自己面前。

本　性

明明知道没有结果，明明知道是一种错，却还是选择了相信，一错再错。

叶青是在那家砂锅店里碰见响云的。

那天，叶青走进了自己常去的那家店，饥肠辘辘的她，对

第二章 爱情摩天轮

店老板说:"来一碗酸辣粉,多放辣椒多放醋。"

店老板将白毛巾搭在肩头,一声"好勒"!紧接着一碗飘着香菜花生米的砂锅酸辣粉端到她面前。

顾不得形象了,反正没人认识自己,叶青低头吃得正香,响云站在她面前问了一句:"请问,这里有人坐吗?"

店不大,里面已经坐满了人,只剩下叶青对面这把椅子了。

叶青抬眸的瞬间,一根粉还叼在嘴上,她的瞳孔都放大了好多倍,是响云!

响云也有些诧异,怎么会是叶青。

叶青木然地摇了摇头,示意响云坐下。

十年没见了,响云依旧是那个风度翩翩的"白马",可是,白马却很憔悴!

叶青曾无数次幻想过与响云邂逅的画面,却没有想到,自己却狼狈不堪地出现在他的面前,响云似乎没有在意。

"过得好吗?"两人不约而同地问道。

"还行!"响云随口答了一句。

两个人有一搭没一搭地互相说着话,随后留下了各自的新电话号码和微信号。

半年之后,响云在微信里向叶青借钱,叶青奇怪,按说,以响云现在的身份和地位,不会向她借钱的,肯定是微信被人盗号了。

但她却不能肯定,是不是响云真遇到困难了。叶青进一步试探着,响云在微信说:"母亲得了脑出血,命虽然保住了,现在生活不能自理,他专门找了个看护,想找叶青借两万元钱。"

爱情锁

叶青想都没想就答应了。因为，响云也曾经借过钱给自己，当年，母亲做手术，医院里一遍又一遍地催，他们说，如果再交不上钱，就停药了。叶青借遍了所有的亲戚，最后，响云很痛快地借了五千元钱给叶青，叶青心里感激，后来，不知不觉就发展成了爱恋。

叶青答应给响云借钱，她没有给老公雷声说。

雷声这名字听着轰隆隆的，但他的性格却很温顺，他是他们家的保姆厨师兼司机。

他们的女儿是雷声一手带大的，好多朋友都笑雷声是超级奶爸。

孩子跟雷声比叶青还亲，叶青的借口是，都说女儿是爸爸前世的情人，我能把你的情人十月怀胎给你生出来，我已经很宽容大度了，你好好照顾吧！

但相比较响云，叶青总觉得雷声少了些什么。

没遇到响云之前还好，遇到响云之后，叶青的失落感愈加强烈了。

结婚前，叶青曾给雷声讲过，她和响云的恋爱过程，雷声安慰叶青说："谁也不是一张白纸，以后咱俩好好过日子吧！"

当然，求婚过程也很简单，叶青就这样嫁给了雷声。

叶青就在心底最隐秘的角落里，给响云留了一席之地，虽然，叶青曾经是响云众多女朋友当中，最不起眼的那个，那时候的响云有一双深不见底的双眸，但最终，这些女子都没有成为响云的妻子。

这些事情，都是响云N多女朋友中一个叫阿琪的告诉叶青的，后来，阿琪家和叶青家住在一个小区，经常见面。她们互相都加了微信。

响云找了一个县长的千金，据说，一路平步青云，现已成为某某局副局长，如果县长还在位，响云会有更大的发展前途。

叶青借钱给响云后，响云似乎从地球上蒸发了。叶青知道，响云可能在忙着照顾他的母亲，叶青是个懂事女子，她很理解响云的一番苦心。再说，叶青现在生活殷实，根本不在乎那两万元钱。

有一天，叶青有空闲了，无聊之余翻看微信朋友圈，突然看见阿琪在朋友圈晒了一张照片，叫旧友重逢，同游三亚。

照片上，阿琪和响云刚从海底潜水上来，穿着泳装的自拍照，时间刚好是向她借钱后的第二天。

叶青突然感觉到一阵阵恶心，她大口大口地干呕着，她将响云从朋友圈删除了，把他的电话也一并删除了。

叶青看着系着围裙的雷声，她自语道："本性，本性……"

雷声问她："什么本性？"

承　诺

也许，这一世，她注定是他宿命里无法逾越的情债。倾尽一世的痴迷，也无怨无悔。

爱情锁

"居然穿着老衣上公交车，真是的。"大伯刚一进门，边脱外套边嘟囔。

大伯退休前在运输公司开大卡车，这不，刚退休不到半年，退休了还不愿意闲着，新成立的公交公司，一个电话，他又披甲上阵了，俨然刚找到工作的大学生，在镜子前一遍又一遍地梳理自己的头发。

大伯头发已经白了，他总是把头发染得黑黑亮亮的，大伯对着镜子拔掉前额遗漏的一根白发说："一摸方向盘，浑身都舒坦啊。"

"贱命啊！"父亲不无担心地调侃。

大伯在新疆当过兵，退伍回来后，就带回了开车的手艺。

在那个年代，能开车那是多少姑娘追求的目标，大娘从新疆一路寻过来，是个漂亮的维吾尔族姑娘，大眼睛高鼻梁，让好多追求大伯的姑娘都退避三舍。

大伯和大娘结婚后第三年，大娘难产死了，大伯却再也没有娶。爷爷留下的老院子，我们同住一个院，大伯和爸爸兄弟关系很和睦，母亲也是和善的人，大伯也就成了我们家中的一员。

今天是他在新公司上班的第一天，这趟公交车是乡村到县城的，便宜，每人两元钱。上了七十岁的老人，只要持老年卡，一律免费。

虽然现在交通工具多了，汽车已经成了代步工具，可是，一听说只要两元钱，甚至还有免费的。人们便呼啦啦涌上来，寻找新鲜感。大伯也高兴，只要车上有乘客，他就高兴。

第二章　爱情摩天轮

车是无人售票的，听大伯说，那天早晨，七点多钟，车门刚打开，上来一位瘦骨嶙峋的老头，老头拄一拐杖，左腿有些跛，关键是，他穿着一身老衣上车，宝蓝色的绸子，上面印着明晃晃的万寿图，让人不寒而栗。只见他上车后，径直坐到后门的一个座位上，车箱里挤得水泄不通，他旁边空着的那个座位，没人敢坐了。

大伯想问他，但最终还是忍住了。

车从乡村一路呼啸到了城里的终点站，车内的语音播报一遍又一遍地播放着，那个老头像没有听见似的，坐得稳稳当当，大伯跑到他跟前说："大叔，车到终点了，您该下车了。"

老头说："我不下车，我就看看。"

大伯无奈，只好又把他从县城拉回乡村，回到老头上车的那个村，大伯以为他该下车回家了，可他依旧没下车。整整一个早晨，大伯把他来来回回拉了四五趟。

第二天，老头继续如此，这下，公交公司也发现了问题。他们让大伯抽空去老人家里看看什么情况？或者找一下家属，公交公司怕惹上什么麻烦。

大伯去了他的家，他家里一座土坯房，也不见孩子的踪影。

大伯在他家的相框里，看到了老头年轻时穿着军装的照片，挺帅气。

大伯一下子来了精神，和老人攀谈了起来。

老头说，从战场上下来，半条腿被弹片炸飞了，现在安的是假肢，老头撩起裤管，一截白森森的钢管露了出来，大伯有点不忍心了。

爱情锁

老头说了，腿折了，从战场回来，没有人愿意嫁他，父母到处找媒人给他说媳妇，军功章挂满了胸，大多姑娘都不愿意跟一个瘸了腿的人结婚。

隔壁春桃，父亲是个哑巴，比他小十岁，她说，满娃哥，看我成不？

哑巴父亲见春桃要嫁给他，急得拿着大石头砸了家里吃饭的铁锅，可春桃还是愿意嫁给他，他只给她扯了一块的确良的料子，就把她娶回家了。老婆给他生了三个娃，都有出息，老大老二是男孩，老大在北京，老二在南京，老三是个女儿，人在西安。

老太婆半夜突发脑出血，拉到医院就断了气，走时连个老衣也没来得及穿，他还说，等公交车开通了，带老婆逛县城呢。

老婆曾看到邻居老太婆下葬时穿着的红绸子蓝裙子说，我死前一定要穿上，咱都早早穿上，到了那边，我还能认出你来。

老头答应了，可老太婆却提前走了。

老头说，我就是穿着老衣先逛逛，我怕我去了那边，她认不出我来了。

老头边说着，边悄悄地抹眼泪。

大伯默默地起身离开，也悄悄地抹眼泪，他说，大叔，您随时来坐车吧，我给您留着座儿。

第二章 爱情摩天轮

醉 鸡

岁月转角处的一个挥手,是永远的别离还是重逢?抑或是你送给我的一个新起点呢?让宁采告诉你答案。

宁采和肖磊,两个人面无表情地坐在婚姻登记处的大椅子上。办证处的那个男人,五十岁左右的样子,一双色迷迷的眼睛藏在厚厚的镜片后面,目不转睛地从宁采的脸上扫过。

肖磊真想上前狠狠地揍几拳这个秃顶的男人,可他还是忍住了。这一纸离婚证书拿到手,他们俩再也没有任何关系了,谁爱看她谁看去。

不过,他也忍不住顺着秃顶男人的目光看过去,他突然发现,宁采今天和以前不一样了。

合身的黑裙子,头发高高的绾起,露出白皙修长的脖子,他不由得感慨一句,这个女人今天才像个女人。

出了民政局的大门。他忍不住说了一句:"你今天真漂亮!这次悄无声息地把婚离了,咱好歹请父母亲朋坐坐吧。"

她也望了望他干净清爽的白衬衣说,你今天也不错,知道收拾自己了。

两个人都互相带着欣赏的目光打量着对方。

她同意了他的说法。

肖磊说:"那你在家做饭吧,我去买菜。"

宁采望着肖磊的脸,平静地说:"去饭店吧,咱又不是请

爱情锁

不起客。"

肖磊没有言语，他知道，宁采的确变了。不过，这一变，反而把肖磊搞得不知所措了。

肖磊记得，过去请朋友吃饭，宁采总是一脸的不高兴说，我在家里做吧，饭店啥人都有，不干净。

男人都爱面子，饭店不仅是为了是吃饭，是要那种气派。

宁采不，宁采舍不得银子，她说了，儿子要上学，家里那个老式的房子要换。生活得从一点一滴做起，细水长流嘛。为这个，两个人没少闹矛盾。

肖磊记得，刚结婚不久，好几个外地朋友来了，闹嚷嚷着要见新娘子。肖磊本来打算在大饭店请客，没想到宁采不愿意。只好把朋友们请到他们租住的那间小房子里。

等到肖磊领着朋友们进门时，一只红公鸡从家里蹦了出来，宁采系着围裙，拿着菜刀，蓬头垢面地跑了出来。

看到肖磊和朋友们，她一脸无助地说，拿着菜刀不会杀鸡，结果让鸡飞了，家里的东西也被鸡碰得七零八落的。

肖磊尴尬地冲朋友们笑笑，那笑，比哭还难看。

不过，宁采还真有本事，她突发奇想，给鸡倒了一些白酒，那只疯狂的大公鸡，悄悄地跑过来，对着那杯白酒一顿猛喝，突然间就倒在地上了，宁采为自己这个创意还沾沾自喜时，她发现肖磊的表情是冷漠的。不过，朋友们都夸宁采的厨艺高，说肖磊真幸福。

肖磊感觉真没面子。他想要一个能下得了厨房，进得厅堂的妻子。可眼前的这个女人，转眼间怎么只会进得厨房了呢？

第二章　爱情摩天轮

当然，两口子最后为了这事吵了几天。幸好刚结婚，新鲜劲儿还没过，还不足以让两个人为这些鸡毛蒜皮的小事闹离婚。

一晃二十多年过去了，孩子去外地读书了，两个人的生活，又开始陷入了无聊当中。

朋友们也隔三差五的，想喝酒了，打个电话要吃宁采做的醉鸡，说那个味道比饭店的要好百倍。

肖磊只需要一个电话，宁采就会把这一切安排妥帖。宁采坚信，只要暖住男人的胃，就会暖住男人的心这句话。

肖磊感觉到，他吃了这二十多年醉鸡，也没感觉有什么特别，只是朋友们都说好，也喜欢吃，那就凑合着吃吧。

儿子走后，肖磊便把大把的时间放在了下象棋和看球赛上。回到家，他的眼睛锁定在了体育频道，足球篮球运动成了他生活中一项不可或缺的活动。

而下岗后的宁采便把大把大把的时间用在了织毛衣上，她每天如果不买菜，连门也不用出，穿着肥大的睡衣，趿拉着拖鞋在家里那方天地里转悠，大多数时间，她将肥硕的身体放进大沙发里度时光。

两个人的日子，成了一潭死水，激不起一点浪花。

那天，肖磊突然说，咱俩离婚吧。

宁采以为，肖磊在跟他开玩笑，她本来就是要强的人，她说，离就离吧。

结果，他们俩真离了。

这婚离得也太没有悬念了。

婚离了，但他们俩没给任何人说。

爱情锁

在离婚的宴席上,一个快嘴的朋友说,肖磊,你说这饭店的菜,哪有你媳妇做得好吃呢?

肖磊也突然感觉到是这样,他说,我媳妇那手艺,没人能比得上,有空我请你们在家里吃醉鸡。

宁采深情地望了一眼肖磊说,第一次听你表扬我。这么多年,我是第一次听到。肖磊也醉眼蒙眬地说,我今天才发现,你比任何女人都漂亮。

今晚在家里住吧!

宁采说,不,我还是走吧,我们现在住一起,就是非法的了。

肖磊一把拉过宁采说,不,我才发现,我爱上你了。

宁采是在婚后这二十多年里,第一次听肖磊说爱她,她激动地满脸红霞飞。肖磊深情地望着宁采如樱桃的小嘴,他想把自己的热吻献上。

宁采从肖磊的怀中挣脱,换上肥大的睡衣,趿拉着拖鞋说,我还是先去洗你的臭袜子吧。

肖磊又一次陷入了迷茫中,他如雷的鼾声很快就响彻了整个屋子。

情侣树

岁月这只无形的手,慢慢剥离了爱的光环,也让当初的誓言,落成一地晶莹的玻璃碎片,只有真爱无言。

第二章 爱情摩天轮

雷米提起柔软的羊毫笔，将笔伸进了砚台中，毛笔在光滑的端砚中翻滚了两下。

一点墨融于水，随性而淡、浓、枯润到了宣纸上，他以千万种变化，洇晕成画。

他的画中，画面干净、清澈。

如洗的天空，几乎能拧出水来。

春夏交接的天空下，只有两棵倒槐。

两个树冠，像两把撑开的大伞，肆意而内敛，隐忍而张扬。

树枝呈弧形向下弯曲着，像极了伞的骨。椭圆形的树叶，密密匝匝地盖下来，像要掩藏更多的心事儿。

天空中的阳光，让两棵树泛起了粼粼的波光。

粗看，仅仅只是两棵倒槐而已，细看，却分明，两棵树的枝条，你伸向我，我攀着你。

左边的树笔挺笔挺的，树杈错落有致，层层叠叠的。分明不是树，而是一个健壮的男子，手挽着心爱的姑娘，那飘飘洒洒的秀发，有着撩人的妩媚。女子的柔媚，缥缈如云的服饰，缠绵的润泽。

这是雷米走之前的最后一幅画儿。

三年后，这幅画儿在一次画展中展出。那天，有个披着长发的姑娘，久久地站在画前。良久，她用五十万元买走了这幅画。

好多人都摇头说，这幅画不值这么多钱。再说，画家也不是多么出名。

姑娘笑了笑。

姑娘真美，坚挺的鼻梁，碧空般幽深的眸子，有着天鹅般的高贵，却又分明泛着涟漪。无与伦比的宽额头，优雅而高贵的线条美。让好多人都打听她是谁？

姑娘付完款，他向工作人员提出了一个要求，她想见一下这位画家。

工作人员经过多方打听，终于联系上了画家的助理。

当满头银发的雷米，被助理推着轮椅，送到姑娘面前时，一向呆痴、疯癫的雷米，瞳孔突然间放大了。

他挣脱工作人员的手，从轮椅上站了起来，他一把抱住姑娘喊道："倪娜，倪娜……"

"不，不……"姑娘躲避着。

工作人员和助理将雷米拽回到轮椅上，雷米还试图挣扎着起来。

直到离开，雷米都不肯安静下来。

"对不起，姑娘，雷米已经疯癫了几乎三十多年了。可是，像今天这种状况还是第一次，希望你能够理解。"助理向姑娘解释着。

第二天，姑娘回到了美国，她将这幅画交给了同样在老人福利院的母亲。

满头银丝的老太太，抱着这幅画，眼角流下了混浊的泪水。

当人们发现时，老太太抱着这幅画，静静地坐在椅子上故去了。

埋葬完老太太的第二天，姑娘将那幅画和骨灰盒抱了回来。

精神病院的助理，说，自从你那天走后，雷米每天都闹腾

第二章 爱情摩天轮

着,不肯歇息,每天都靠安定之类的药物才能入睡。

可是,当姑娘将那幅画和骨灰盒递给雷米后,雷米愣怔了片刻,他突然间安静了下来,用粗糙的大手,轻轻地抚摸着,像在抚摸着自己的爱人。

雷米颤抖着,打开一个小铁皮盒子,里面是一张二人的合影。

恰逢雷米的友人前来探望,他告诉姑娘,照片上的姑娘叫倪娜,也是一个才华横溢的画家。

当年的两位是学国画的同学,也是恋人,雷米才华傲人,像磐石般坚实。

而倪娜的才华也如同孤峰,毕业设计的时候,正逢雷米创作的瓶颈期,导师只选一个人。

雷米只轻轻地瞥了一眼倪娜的作品,他的聪明才华,让他终于赢得了导师的青睐。

而倪娜,原创遭遇了山寨版。

两个极要好的恋人,从此天各一方,雷米一生未娶。

友人说,他一生只爱过倪娜……

姑娘轻轻地打开那幅画,仔细地端详着,那两棵树,相傍而生,你的枝伸向了我的杆,我的藤缠着你的根。

想要分开,必须动用斧子之类的利器。

雷米是抱着倪娜的骨灰盒安静地闭上了他疲惫的眼睛的。

他们合葬的墓碑上,刻着,倪娜、雷米之女——倪米。

爱情锁

抓一把黄土捏个你

曾以为，你就是我幸福的起点，却不曾想，爱情在时间中漂洗成一张发黄的照片。

女摄影师趴在窗户外，昏黄的灯影下，捏泥人的艺人没有抬头，他的脸隐在半明半暗间，认真地捏着泥人，一丝也不含糊，对于外面的女摄影师，他根本没有发现。

镜头一：他先揪了一团泥，并将那团泥搓成条状，然后，又捏了一个椭圆形的头部，整个泥人只有一个外形轮廓，如果不加以联想，根本看不出是一个人的形状。捏完大体轮廓，他呆坐着望着眼前的一个个泥人，眼神悠远而忧郁。

女摄影师趴累了，想趁机换个姿势，结果，脚底下踩着的小凳子倒了，她一下子倒在了地上。

"唉哟，疼……"女摄影师想爬起来，脚踝处却钻心的疼，她的声音唤起了泥人艺人的警觉，他皱起眉头，仔细听了一下，是有个人在喊疼呢。

泥人艺人拉开门，才看清地上坐着的女摄影师，他瓮声瓮气地问："你是谁？要做什么？"

"我，我……"女摄影师不知道该怎么样回答，毕竟偷拍人也不是啥光彩的事情。她灵机一动说："你这人，没看人家脚脖子受伤了吗？"

第二章　爱情摩天轮

泥人艺人再没说话，他返身进屋，拉开了冰箱门，取出一盒冰冻好的牛奶。

"给！"

"什么？我不喝牛奶，还加了冰的。"女摄影师心想，这人真是个榆木疙瘩。

"没让你喝，让你冷敷脚腕的。"

女摄影师脸红了，自己怎么连最基本的生活常识都忘记了呢？

她急忙接过牛奶盒子，按在疼的地方，一股冰凉沁入心底，她不由地打了个寒战。太痛了，她急忙又将牛奶盒子拿开。

泥人艺人依旧没有说话，他拿过牛奶盒子，一只手握住她的脚，另一只手将牛奶盒子敷在了红肿的脚腕上。

似乎没有刚才那么疼痛了。女摄影师眼里噙着泪花，泥人艺人依旧铁青着脸，一句话不说。

泥人艺人起身，走到院子里的汽车旁，发动了引擎。

镜头二：他从驾驶室里下来，把副驾的座位往后拉直，径直把女摄影师从地上抱起，放到副驾上，自始至终，他都没有说一句话。

这一幕又被墙外的一位男摄影师捕捉到了镜头里。

女摄影师急了，你，你要把我拉到哪里去？

"医院！"

女摄影师心里更多的是感动。

有人给她介绍这个捏泥人的艺人，当初，她只当是玩玩。没往心里去，有一次，在一次民间艺人作品展览会上，她见到

爱情锁

这个民间艺人的作品——一个长辫子的姑娘，表情惟妙惟肖，或嗔或喜，或许还有更多的东西在里面。

女摄影师被吸引了，她决定发掘这个泥人背后的故事。

没想到，出师不利，竟然把脚崴了。

从医院出来，泥人艺人把她送到家门口，她说："你得把我背上二楼呀，我这个样子，怎么回去。"

镜头三：泥人艺人也没推辞，他停下车，稍微弯了一下腰，就将她轻轻地背在了背上。

她伏在他的背上，一股热泪滴在他的衬衣上。

自从她和老公离婚后，她的记忆里再没有男人的味道。一股熟悉的味道让她将泥人艺人紧紧地抱住。

背后窥视他们的那个人，握相机的那双手颤抖着。

进了家门，她说："饮水机里有水，你自己倒吧！"

泥人艺人也没有客气，他拿出两个纸杯，给她倒了一杯，然后给自己倒了一杯，一仰脖，咕咚咕咚一口气喝完了，然后扭头就走。

她说："哎，你想知道我为什么偷拍你吗？"

他顿住脚步，背对着她，来了一句："想说了，你自然会说，会有理由的。"

"我对你有兴趣，你为什么总捏一个长辫子姑娘呢？"泥人艺人的脸阴了。

当年在农村，还不兴捏泥人，他还是个泥瓦工，每天用脚踩泥，工作很累，但他心里踏实，因为家里有温柔的媳妇在等着他。那天，工作结束已是夜半，黑灯瞎火的，他故意给脸上抹了泥，想和妻子开个玩笑，他先敲了敲门，然后躲了起来，媳妇打开门一看，没有，关上门。他又一次敲门，再躲。媳妇再开门，如此三番，最后，他趴窗户玻璃上，敲了敲窗户，媳妇看到一个恐怖的怪物，"咚"一声倒下去，再没有醒来，从此后，他再也没有娶媳妇。

讲完后，他拉开门，头也不回地走了。

他们身后那个人也被感动了，他悄悄地删了相机里所有的照片。

也想浪漫一回

年少也好，年老也罢，幸福不单单是心动的瞬间，它融化在我们牵手的甜蜜中，溶解于看似斑驳的生活里。

春香婶躺在炕头，面色蜡黄，人整个瘦成了皮包骨头。

憨子叔帮她把中药熬好，用纱布过滤尽里面的杂质，端到了她的床头前。药还有些烫，憨子叔拉了把凳子，坐在了炕头，静静地看着这个平日里风风火火的老婆，这咋说倒下就倒下了呀？

憨子叔想起老婆平日里数落他的话，你看咱村那些年轻人，一辈子都知道个浪漫，就你是一个榆木疙瘩，娶我时，就用了一袋麦子，半袋黑豆，用驴驮回了家。

爱情锁

远的不说，就说近的，就我妹子春花，比我小一岁吧，人家柱子给买的金项链，金戒指呀，你说咱现在儿子女儿都成家了，孙子也抱上了吧！也有积蓄了吧，可我咋就没见你浪漫过一回呀？

憨子叔细细地想了一番，的确如此，老婆一辈子辛辛苦苦地，省吃俭用，年轻的时候吧，娃小，日子过得紧巴，可如今，日子过殷实了，咋就没想起来给老婆买一件礼物呢？

过两天就是老婆的生日了，也许这是老婆最后一个生日了吧？医生已经下了最后通牒，医生说，准备后事吧。

无论如何，他要把欠老婆的给补上，可究竟买什么好呢？这一辈子从来没有买过这些东西啊，怎么买呢？

憨子叔边思考边将春香婶扶起来，舀起了一勺子药，自己先尝了一口，轻轻地吹了吹，给春香婶喂。

春香婶虚弱地望着他说："你最近瘦了。"

憨子叔强忍着泪水说："啥瘦不瘦的？我就那样。你一定要好起来。咱也要像年轻人一样，浪漫一回。"

春香婶气若游丝般说了一句："你还不老，还有机会再浪漫，等我走了，你要找个人好好照顾你，你一辈子没做过饭，胃也不好，吃饭一定要吃热乎的。"

"他娘，你别说了，我谁也不娶，你会好起来的。一辈子听惯了你数落我，别人我不习惯。"憨子叔用袖子擦了擦流在腮帮子上的泪水。

"你看，又惹你伤心了。"春香婶似乎越来越平静了。

她努力喝完了那碗药，又虚弱地倒了下去。

第二章　爱情摩天轮

安顿完这一切，憨子叔摸了摸炕的温度，他又往炕眼里添了一把玉米秆。

春香婶睡了，憨子叔钻进被窝，帮老婆掖了掖被头，他却翻来覆去睡不着了。

明天一定去城里，给老婆买一条项链，一定要是黄金的。

可他一辈子没买过这些东西，他连金店的门朝哪个方向开都不知道。

要不，打电话让女儿帮个忙买吧？他又一思量，不能让儿女们知道，他一说，孩子们肯定会掏钱，他不想让他们掏钱，孩子们生活在城市，用钱的地方多，他现在不缺钱。

憨子叔决定，不给任何人说，明天把老婆安顿好，他快去快回，一定要给老婆买条金项链。

可是，这个尺寸怎么算呢？

突然，他灵机一动，老婆以前给他做鞋的时候，用红头绳量尺寸，他也可以用红头绳量项链的尺寸呀。

憨子叔翻箱倒柜地找出了一截红头绳，顺着老婆细弱的脖子绕了一圈，刚要做标记的时候，老婆突然间睁开了眼睛。

她双手抓住那条红绳子，惊恐地望着憨子叔，突然间放声大哭。

憨子叔吓坏了，他不住地安慰她说："老婆，你哪里不舒服，你说，你怎么还哭了呢？"

老婆终于不哭了，她说："我知道我的日子不多了，娃们不在身边，你这段时间也受累了，我也说过了，我走了，你可以找一个人，给你做个伴儿，你就这么盼着我早死啊？你还想

爱情锁

勒死我呢？"

憨子叔望着春香婶脖子上的那条红绳，百般解释，春香婶这才平静了下来。

憨子叔自语道："想浪漫一回，咋就这么难呢？"

花开有声

如果爱上，就不要轻易放过机会，莽撞，可能使你后悔一阵子，爱，无须刻意的装饰。

刚搬家到这个小区的第二天，我就去小区旁边的公园玩。

初夏的早晨，鸟儿们在欢歌，斑驳的光影中，大多是坐着轮椅和打着手语交流的人们。公园对面那座楼是残疾人联合会的。

我一个人坐在湖边的树下，捧着一本书正有滋有味地读着。

一个年轻的身影打破了这里的宁静。他从我旁边经过，穿着淡米色衬衫，浅蓝色的裤子，清俊的脸庞，让我忍不住对他离去的背影念念不忘。

他轻轻地扶起了一个双目失明的孩子，随后走进了残联大楼。这不正是我要的美男子吗？我一定要抓住他，这样富有爱心的男子，正是我想要的。

第二章 爱情摩天轮

回到家中，顾小西正坐在床上，像一个女巫一样，披散着长发，将一堆扑克牌一张张摆好，又重新组合。

她笑嘻嘻地说："莫小北，据本大仙推算，你今年命犯桃花啊。"我拿起手中的书，拍打着她的头说："死丫头，叫姐姐呢，别整天没大没小的。"

其实，顾小西只比我小三天，她不是我的亲妹妹。爸妈离婚后，三岁那年她跟着妈妈来到我和爸爸的家。我们俩在一起，完全没有一点儿陌生感，倒比亲姐妹还亲。

第二天，天下着蒙蒙细雨，我又一次来到了湖边，我希望能再一次看到他。

猛然间抬头，他正静静地站在湖边欣赏风景。

我遗憾，这么帅气而悦目的男子，上天怎么忍心让他生活在了无声的世界里，有些残忍和不公。

他抬头朝我微微一笑，又拿着手机在拍照。

我也随手掏出了手机，向他作了一个写的手势，示意他加了我微信，他有点惊诧。然后，朝我点了点头，写着：你喜欢看睡莲花开吗？我写：喜欢。他笑着写：我会常来这里。我写：我等你。后来，相互挥手告别。

回到家，顾小西还猫在床上睡大觉，我把她从床上拉起来。

俯在她耳边说，老巫婆，真被你不幸言中了，不过，是一朵哑睡莲。

她睁大了双眼，"啊"的一声又倒了下去。

她说，可怜的老姐，你不会又像猫一样发春了吧，和他怎么交流啊？

爱情锁

我用微信啊。怎么连你也这么俗气啊！

听说她最近谈了一个男朋友，爱得死去活来，幸福得都找不着北了。

我和景浩用微信交流，景浩告诉我，一点儿都不在乎我生活在无声的世界里。

我问他，你有女朋友吗？他摇摇头写道：没有。我给你做女朋友吧？他高兴地在我脸上亲了一口。

我相信，天底下可能没有我这种毛遂自荐的女孩了，从见到他的第一眼，我就对他一见钟情了。

在一起经过了半年，我脑袋里全是他的一颦一笑。

我决定把这个事实告诉父母，在我意料之中了，一向疼爱我的父亲，勃然大怒，他像一个专横的暴君，将我锁在了房子中，没收了手机，不让我出门。母亲偷偷地端来饭菜给我，她说，你爸爸也是为了你好，你想想，哪个做父母的不希望自己的女儿好啊。

不论母亲怎么劝我，我不吃不喝，像疯了一样的大喊："放我出去，我要去见他。"

顾小西每天出去约会，我一个人躺在床上"挺尸"。

门外来了客人，听说是顾小西的男朋友第一次上门来了。母亲在门外喊："大丫头，出来吧，别闷坏了。"本来不想去，拗不过顾小西像糖糕一样黏着我，只好去打个招呼。

顾小西一脸幸福地倚在男朋友的身边，我耷拉着头，强打精神去见客人。

瞬息间，我的思维停止了转动，时间定格在了那一刻。他

第二章 爱情摩天轮

竟然是我日思夜想的景浩。

猛然间醒悟,我被骗了,他欺骗了我的感情。

顾小西正准备给我介绍他的男朋友。我对她大吼道:"不用你介绍,我们认识。景浩,你这个骗子。"我顺手给了景浩一个耳光。

我哭着跑出了家门,身后传来了母亲的呼喊。

我住在朋友家,顾小西找上门来了,我不想理她。

她又一次像女巫婆一样,说:"莫小北,你打错人了,怎么向我解释啊?"

怎么会错?景浩化成灰我也认识。

门外进来两个人,一样的米色衬衫,一样的浅蓝裤子,我自信的眼神一下子暗淡了下来,疑惑地望着这两个人。

顾小西一脸坏笑地说:"莫小北,想见识一下本大仙的神灵,这下信了吧?"

其中一个向我说:"你好,我是景浩的孪生弟弟,景泽,你那一个巴掌可够有劲的。"

景浩走上来一把抱住我,我抑制不住自己满心的激动,飞似的扑进了他的怀中。

"傻丫头,怎么不声不响的就走了呢,你知不知道,我有多么想你吗?"一种温婉的声音在我耳边炸雷一样响起。

我一把推开他:"不会吧,你会说话?"

景浩哈哈一笑说:"你不也会说话了吗?"一时间,我们都被笑声淹没了。

如果我是一个真正的哑巴,你能接受吗?我微笑着问他。

爱情锁

他一脸坏笑地说，你不也接受了我这个哑巴了吗。只要有真爱，这不是问题啊。

"那你怎么和一群无声的人一起进出残联大楼啊？"

"在残联工作的人不一定都是哑巴啊！傻瓜。"景浩笑坏了。

穿过你的牙齿我的痛

生命里有很多定数，在未曾预料的时候就已摆好了局，放下尊严，放下个性，放下固执，都是因为放不下你。

李婷是市中心医院的口腔科大夫。那天刚上班，李婷还在打扫科室卫生。"呼"的一声，门被撞开了，一个穿着警服的高个子小伙子捂着腮帮子进来了。

李婷微微皱了一下眉头，她很快又恢复了职业性的笑容。

小伙子毫不客气地一屁股坐在椅子上说："大夫，快给我看看，我的牙疼死了。都说牙疼不是病，可疼起来真要命啊！"

李婷笑了笑，示意小伙子安静下来。

小伙子微闭着眼睛，头躺在椅子上。李婷才看清楚了，这个"冒失鬼"长着一张好看的脸，浓密的眉毛，算是个帅哥，她认真地给小伙子做了牙周检查并上了药。

小伙子叫罗刚，市刑警队队长。李婷吩咐他按时吃药，并

第二章　爱情摩天轮

在下周一按时换药。如果不及时换药，会前功尽弃的。

罗刚像一个听话的孩子，不住地点头答应。他临走时耍了一句贫嘴说："李大夫，你笑起来真好看。"李婷望着他的背影笑着摇了摇头。

自从男朋友张力失踪这几个月以来，李婷就没有笑过。她和张力是同一所医学院毕业的，又同时应聘到了同一家医院，张力在内科。

就在他们俩准备结婚的前两天，张力却失踪了。李婷找遍了张力可能去的每一个地方，仍然没有找到张力的影子。

李婷和张力的父母在公安局报了案，可公安局那边也没有任何消息。从此，一向活泼开朗的李婷沉默了。

周一那天，正逢一年一度的情人节，对李婷来说，除了工作能够化解痛苦以外，别的什么也不能替代。

李婷像往常一样查看病人的记录。一共有七名患者今天换药。可直到下午下班，也没见到罗刚的影子。

李婷托着疲惫的身子打算回家时，看到满街绽放的玫瑰，她多么希望张力能够像往常一样突然出现在自己面前的。

第二天，刚打开门，一大朵鲜艳的玫瑰铺满了李婷的眼睛，李婷没有看清玫瑰后边的人，她惊喜地喊了一声："张力……"玫瑰后边探出脑袋的不是张力，而是罗刚。

李婷心头涌上来的喜悦一下子又消失了，罗刚笑呵呵地说："对不起李大夫，昨天有事耽搁了，用这玫瑰表示一下我的歉意。"

李婷接过玫瑰说："你没有对不起我，只要你自己对自己

爱情锁

负责就行了，是你自己的牙齿，不是我的。不过，患者给医生送玫瑰，我是第一次碰到。"

罗刚换完药，李婷禁不住好奇地问了一句："昨天又去抓罪犯了吧？"一提起罪犯，罗刚兴奋地说："是啊，一天之内破获了一起危害数年的贩毒组织。那天，接到举报，一帮越境团伙，在我市境内接头。我们两天两夜没有睡觉，终于将大毒枭抓获了，其中一名被我击毙了，市里这次准备给我们一等功。"

从那以后，罗刚换药的次数也多了，有事没事，总会到李婷这里来坐坐。

罗刚趁着五一休假，约李婷去海边玩了一趟。到了海边李婷才发现，这里全是一对对的情侣，她有点后悔当初答应罗刚。可总归来了，还是好好玩，忘记一切不愉快。

李婷不小心把膝盖蹭破了一点皮，罗刚细心地给她敷药，好多女游客都羡慕地对男朋友说："你看那小伙子对女朋友多好。"李婷想解释，可在这种环境中，真是越描越黑的，没法解释。罗刚笑着说，你还是别解释了，当我的女朋友也不错啊！

从此，李婷感觉到自己内心也有了新的变化。

每次罗刚到外边去执行任务，她都莫名的心慌，担心他出意外。李婷发觉自己爱上了罗刚，她准备找个机会向他表白。

罗刚好几天没有来了，打手机也找不见人，李婷跑到罗刚单位去找他，结果刚走到罗刚办公室门口，她听到里面的争吵声。

罗刚气愤地说："我怎么知道他是线人，是我们的人，那一枪如果不发，会让那批毒品危害多少人？"另一个声音说：

第二章　爱情摩天轮

"张力是死了，可对于我们大队来说，是有责任的，特别是你那一枪。上级让你必须停职反省。"

什么？张力死了，李婷感觉到自己的脑袋嗡嗡作响，张力怎么可能会成了线人？他只是一个医生啊？再说了，是罗刚杀死了张力？李婷哭着跑出了公安局，这一切太让人不可思议了。

李婷不见了，罗刚打电话到医院，医院说她请了一个月假。有人说好像在林山公墓看到过李婷。罗刚赶到时，李婷正跪在张力的墓前哭泣，看到罗刚，她歇斯底里地喊道："你的子弹穿过他的胸膛，可你竟然瞒了我这么久，要不是我亲耳听到，我真不敢相信，你这个骗子，我再也不想看到你。"

李婷走了，留下了呆若木鸡的罗刚。

张力是在一个偶然的机会，发现一伙毒犯常到医院来买注射器，他将此事上报到公安局，后来，他就利用工作之便，给公安提供一些情报，为了这次大行动，他只向院长请了一个假，怕走漏了风声。没想到，却被误伤了。

两个月之后，罗刚又一次感觉牙疼，她跑到医院去找李婷，李婷憔悴不堪，罗刚心疼地看着李婷说："原谅我，我真不是故意的。"

李婷看着一脸真诚的罗刚，没有说话，给他进行牙齿手术，一种疼痛从罗刚脸上漫过，李婷的泪水不由自主地流了下来，罗刚笑着说，我的牙齿穿孔，你流什么泪水啊，李婷说了，穿过你的牙齿我心痛啊，罗刚顾不得疼痛，一把将李婷紧紧地抱在了怀里。

爱情锁

爱情列车不晚点

只要是真爱，爱情的列车，哪怕晚点也会让人怦然心动。

临近下班了，李娜接到一个电话线索说，D县发生了一起拆迁塌方，导致一个老太太还在医院里抢救。

新闻线索如同一支强心针，李娜飞一样奔向了火车站，买了一张去往D县的火车票，打算连夜赶往出事地点，对于记者们来说，新闻的时效性比什么都重要。

这两年，房地产的飞速发展，拖欠农民工工资、拆迁赔偿等问题是政府关注的焦点，李娜隐隐约约感觉到，这是一条颇具价值的新闻。

开车时间快到了，车站广播里传出了一条消息：TK822R旅客请注意，由于前方出现故障，火车晚点五个小时。

最好的办法是退票，改乘汽车。

退完票出来，她走得急，和一个小伙子撞在了一起，李娜被撞翻在地，小伙子一脸的茫然，连声对李娜说对不起。

李娜试图站起来，由于售票大厅的地板太滑，一时没法起来，小伙子却愣在那里。

李娜大声喊："你快扶我起来啊！"小伙子这才如梦初醒，急忙拉起了李娜。

李娜问小伙子，打算去哪里？小伙子见李娜的态度有点缓

第二章 爱情摩天轮

和,说,我娘病重住在医院里,我打算回 D 县,没想到火车晚点了,只好改乘汽车了。

李娜高兴地说:"真好,我还真愁晚上乘车没个伴,正好咱俩结伴而行,路上也有个人解闷。"

小伙子叫钟一鸣,是美术学院的硕士研究生,今年也快毕业了。

他们赶到当事人住的医院,一路打听,李娜却惊奇的发现,被塌在房子底下的当事人,是钟一鸣的母亲。

母亲还在抢救,可钟一鸣的哥哥和嫂子拒绝李娜采访,李娜也能够理解他们,人家母亲现在正在抢救,谁愿意呢?

钟一鸣见哥哥不积极配合记者,他觉得事情很蹊跷,他对哥哥说:"哥,妈是怎么被压在底下的,你为什么拒绝记者呢?是不是有什么不可告人的目的呢?"

钟一鸣的哥哥支支唔唔地不肯说。他的嫂子却不依了:"老二,你什么意思?难道是我们把妈压倒在房子里面的?是她自己不肯出去,说死也要死在老房子里。"

几个人在医院的走道里吵吵嚷嚷着,李娜只好劝告着他们,有问题大家慢慢解决,亲兄弟不要吵了。

钟一鸣的嫂子朝李娜嚷嚷:"你算老几?轮到你在这儿发话吗?再说了,我们的事儿自己解决,你们记者瞎搅和什么?"

李娜原想着,受害方应当很积极的配合,没想到,却惹来一通骂。钟一鸣见嫂子无理取闹,他说:"哥,嫂子,你们也别太横了,妈的事情,我一定会查清楚的。"

爱情锁

哥和嫂子就软了下来，李娜离开了医院，看来，要撬开钟一鸣哥哥的嘴也不是那么容易的，这个钟一鸣倒还是个有血性的男子。

凌晨五点，李娜接到钟一鸣的电话说："李记者，你快来吧，我妈快不行了，你得帮我个忙，冒充一下我女朋友。求你了。"

等李娜赶到医院时，老太太已经气若游丝了，她看见李娜进门来，慢慢地抬起手，费力地拉李娜的手说："姑……娘……叫一声妈吧……我……我……"

李娜看着，氧气罩里面粗重的喘息声，她不知道怎么回答一个老人最后的请求，转过声去看了一眼钟一鸣，他一脸期盼，李娜知道，自己无可选择，对于一个濒临死亡的老人来说，听到未来的儿媳妇叫自己一声妈，那比什么都能让她瞑目。

她轻轻伏在老太太的耳边，叫了一声："妈。"老太太拉着她的手，慢慢地垂了下去，钟一鸣歇斯底里地喊叫着："妈，妈……"

第二天，李娜通过目击者提供的证词，了解了塌方事件的整个过程和事故的经过。当天报纸的头版头条就来自她在现场的报道。

向报社交完稿子，李娜去参加了老太太的追悼会。

一个月后，李娜决定对此事作追踪报道，开发商当时答应赔偿的。采访完之后，李娜找到了钟一鸣，他蜷缩在一间低矮的小屋里，满地都是酒瓶，屋子里一股霉味，浑身是酒气的钟一鸣拉着李娜的手说："婷婷，你说过，你不离开我的，你不

第二章 爱情摩天轮

离开我……"

李娜从他的哭诉中得知，钟一鸣的女朋友和他分手了。

李娜从地上捡起钟一鸣画了一半的画，她望着那个披散着长发的小伙子，头发蓬乱的如同一团蒿草，面色蜡黄，一蹶不振的样子，她愤恨地说："就你这水平，还全市画展第一名？最后一名还差不多。"

钟一鸣是个狂爱艺术的人，他可以容忍别人对他个人的行为说三道四，却没想到，李娜对他的画不以为然，他摔了酒瓶说："你说我的画不行？我倒要你看看我的厉害。"说着，便开始准备显摆一番。

李娜说："在我面前显摆不行，要经得起市民和专家的考验才行。"每天，钟一鸣都把自己作好的画，用手机拍好，放在网上，让李娜评，每次评完，钟一鸣总要调皮地说一句："李大记者，用你不专业的眼光看我专业的绘画，还有何指教？"

钟一鸣的确是位优秀的画家，还获过好几项国家级大奖，渐渐地李娜对这个傲慢的家伙刮目相看了。

国庆节前，李娜接到了钟一鸣的邀请，去看他的个人画展，李娜在电话这边笑着说："又是一幅没有画完的侍女图吧？"

钟一鸣着急地说："我精心画了八个月，你就这么贬低人啊？到时候，让你大吃一惊。"

那天，钟一鸣在站台上等了足足五个多小时，也没有见到李娜的身影。

爱情锁

他失望地打算离去时，才发现，李娜坐在车站的饮料摊前，微笑着望着他。李娜惊讶地发现，钟一鸣画展的主题是《爱情列车不晚点》，给我心爱的女孩——李娜。

钟一鸣说："爱情不晚点，这个画展是为你开的。"

第三章　亲情五味果

　　亲情，是春日里的一滴甘露，总能在苍凉的岁月里，滋润了失落者风干的心田。是慈母手中的那根线，是严父眼中的期盼，是血脉相通的兄弟姐妹，是跋涉者旅途温暖的港湾。

我的个神啊

　　错位的亲情，哪怕粗鄙丑陋，那也是发自内心的真情。如果你是宁佳佳，你会怎样选择？

　　宁佳佳是在婚礼上逃跑的。
　　她身后多出了一个她不愿意见到的人，她的亲生父亲。
　　在别人看来，宁佳佳的亲生父亲比养父母更体面，更能给她面子。
　　宁佳佳却不愿意见他，特别是在她的婚礼上。

爱情锁

宁佳佳的父亲是个环卫工人，脸色黝黑，瘦小佝偻的身形，让他显得更加卑微。

她的母亲开了一个不足十平米的麻辣米粉店，宁佳佳放学给母亲打下手，干一些洗洗涮涮的事儿，却比任何人都忙碌。

宁佳佳曾羡慕同学尹君碧有一个可以车接车送的爸爸，既有事业还特别爱自己的女儿。

羡慕别人的同时，她也嫌弃过自己的父母，父亲成天不多说一句话，养母整天牢骚满腹，动不动还双手叉腰和别人干一架，她的方法很绝，随手拎起一瓢水，就朝对方泼了出去，但这都是在宁佳佳被别人欺负的时候。

养母也打过宁佳佳，在她和自己顶嘴的时候，她骂她，你怎么不去找你的亲爸妈，害死我了，你个害人精。

宁佳佳望着养母翘起的双腿，裤腿挽起来，露出来的一截白生生的肉，似乎还有泥水和辣椒油的痕迹，养母心里苦时就抽烟，多是三五元的便宜烟，有时候还拼命的咳嗽一阵子。

宁佳佳比母亲心里还苦，别的同学，放学后，做完作业就开始玩，手机呀电脑等，只有她，没有那个闲工夫。

有时候她刚一进教室，班上就有人抽鼻子，夸张地说道，我的个神呀！麻辣味道嚓咋咧。宁佳佳不由自主地去闻一下自己的换洗过的衣服，没有味儿呀！

班上的娇公主尹君碧就夸张地用扇子扇，还嫌恶地故意离她远远的。

同学们只要一见到她，她就没有了自己的名字，大家都会说："我的个神呀！"

第三章　亲情五味果

有好几次她想给母亲说，给我买个手机吧，全班就我一个人没有手机，同学们都笑话我老土，看见母亲每天辛苦的干活，也挣不了几个钱的小店，宁佳佳就放弃了。

宁佳佳想过好多种逃走的方式，也想过要去寻找亲生父母的愿望，茫茫人海，到哪里去寻找呢？

那天，她们店里来了一位客人，这个人说话温文尔雅，他要了一份酸辣粉，几乎也没怎么吃，却只用眼睛打量着小店。

宁佳佳惊讶地发现，这个人是尹君碧的父亲，那个整天开宝马的成功男人。

母亲出去买菜了，店里只有这一位客人，这个人就和宁佳佳说话，他问她的学习，问她累不累，问她什么时间段学习。和他交流时，宁佳佳觉得很舒服，就像认识这个人很久了一样。走的时候，他送了她一个一米多大的抱抱熊，宁佳佳把脸贴在上面，很舒服。

宁佳佳问父亲："爸，你说这个人为什么会给我送玩具呢？"父亲闪烁其词，这让宁佳佳更好奇了。

宁佳佳止沉浸在幸福中时，母亲的一声呵斥，让她从丰满的梦想回到了骨感的现实中。

第二次遇见那个人的时候，是在她去上学的路上，车里坐着她的同学尹君碧，那个人很随和地请宁佳佳坐她的车，可是，尹君碧却捏住鼻子，好像她是一股浓烟或者毒气。

宁佳佳本能地拒绝了。

第三次，是宁佳佳无意间碰到的。那天，她放学回家时，发现放在她们家米粉店门口那辆锃亮的小车，她有意识地放慢

爱情锁

了脚步。

那个人对他父亲说："这个是我和你女儿的亲子鉴定书，这是你们和我女儿的鉴定书，基本可以断定，你的女儿，也就是我的女儿，而我的女儿，是你们的女儿，当然，可能是护士的疏忽，造成了这样的结果。"

父亲似乎对这个结果没有任何的惊讶，他耷拉着脑袋，嘴唇微微抽了几下，却没有说出一句话。

母亲从后门进来，一把撕了鉴定书，然后，摇头否认，并把那个人从门里推了出来。

宁佳佳的出现，让三个人同时惊呆了。

宁佳佳叫了一声："爸，妈，他说得是真的吗？"

三个人都没有吭声，一向强悍的母亲突然间软了下来。

父亲对母亲说："还是说实话吧，对佳佳来说已经很不公平了。"

母亲用手抽自己的脸，左一巴掌右一巴掌的，宁佳佳想拦着她，却被她推倒在地上，那个男人扶起了她。

母亲之前在尹家当保姆，负责照顾尹家的爷爷，其实也不需要多大的照顾，爷爷身体硬朗，大多时候自己遛遛鸟，打打太极，母亲只负责打扫卫生。

母亲怀孕后一直藏着，怕尹家辞掉她。后来，肚子大了，尹家人见母亲也是个能干的人，就留下了她，由她陪尹家夫人，夫人也怀了孩子，两个孩子竟然只相差一天出生，都是女孩。

尹家夫人却因为失血过多，根本没有奶水，母亲就奶着两个孩子。

第三章 亲情五味果

半年后,孩子也断奶了,母亲也不好再留在尹家了,她主动地抱着宁佳佳离开了。当然,谁也没有想到,她会把自己的孩子留在了尹家,只是为了让自己的女儿有个好前程。

她曾偷偷地看过好几次自己的亲生女儿,她就觉得对不起宁佳佳。

听完这一切,宁佳佳哭着跑开了。她恨母亲,恨这里的一切。

她去学校,同学们再一次喊着:"我的个神啊!原来灰姑娘是个公主啊!"尹君碧没来上学,宁佳佳思索再三,她倔强地回到了养父母身边,她告诉亲生父母,不要再来找她,她的父母只有眼前的二位,亲生父亲失望地离开了。

大学毕业后的宁佳佳,找到了心仪的男友,她的婚礼,她拒绝告诉亲生父亲,父亲还是来了。

小鸡别跑

当你还在父母面前飞扬跋扈时,你可曾想过,还有多少农村的流浪儿童,梦中才能见到爸爸妈妈?

六岁的何小羽,手里拎着把明晃晃的菜刀,追赶那只芦花鸡,从前院追到后院,再从后院追到了房顶,鸡拼了命地在前面跑,何小羽一脸杀气地在后面追赶,爷爷蹒跚着在后面边追

爱情锁

边喊:"别赶了,小羽,小羽……"爷爷已经气喘吁吁了。

何小羽还没有停下来的意思,他还不罢休,气势汹汹地扔了一块小石头,石头还没飞上房顶,那只芦花鸡却扑棱棱拍打着翅膀,飞向了旁边的香椿树,满院子鸡毛乱飞,它蹲在树杈上惊恐地望着地上的人,居高临下,俨然指挥战场的大将军。

何小羽放弃了,他扔掉菜刀,坐在地上,蹬起双腿,号啕大哭起来,爷爷赶紧抱着他,一边替他擦眼泪,一边哄着他。

其实,何小羽很喜欢这只芦花鸡,他两岁的时候,院子中总有一只黑色的母鸡,带领一群毛茸茸的小鸡崽满院子找虫子。

何小羽忍不住想去抓一两只来。何小羽走路晚,两岁多了,走路时依然摇摇晃晃,根基有点不稳,时不时的跌倒,可他喜欢追着小鸡们满院子跑。

运气好一点,偶尔会逮上一两只,吓得小鸡总是张着嘴巴尖叫,声音很微弱,那只老母鸡,来势凶猛,它一只翅膀低拍着,原地转一阵圈儿,然后,直直向他撞过来,一点点快要逼近何小羽了,他吓得哇哇大哭着,妈妈听见哭声,箭一般从厨房奔了出来,一把抱起何小羽,他才扔掉了小鸡,躲进妈妈的怀抱,撩起衣襟,愉快地吮吸着乳汁,那一刻,何小羽好幸福。

何小羽的幸福生活没有维持多久,妈妈和爸爸就去南方打工了,何小羽的生活里,只有爷爷和他。何小羽梦里经常伸开双臂,扑进妈妈的怀抱,伸手摸到的只有爷爷干瘦如柴的肋骨,何小羽哭得好伤心。

何小羽慢慢的知道,再哭也只能见到爷爷,爸爸妈妈不可

第三章 亲情五味果

能回来。家里的那群小鸡崽也长大了,那只母鸡也不见了。何小羽胆子也大了一些,他没事就追着小鸡玩,可是,他已经开始追不上那些鸡了,它们已经长成了大鸡。有一两只开始下蛋,爷爷一听见鸡"咯咯哒"的声音,就急匆匆跑向鸡窝,从里面取出一枚蛋,在太阳下,给何小羽炫耀,说:"小羽啊,看看,你又有鸡蛋吃了。"爷爷就给何小羽炒鸡蛋吃,味道很香。

何小羽没事还是喜欢追着这些鸡玩,他喜欢这个游戏,有时候,追得紧了,鸡也会晕头转向,扑进何小羽的怀抱,他抱着鸡,一脸幸福状,对爷爷说:"小鸡真暖和。"

爷爷望着何小羽,不停地抹眼泪,何小羽替爷爷擦干了泪水,摸着爷爷的胡须说:"爷爷不哭,小羽乖,小羽再也不想爸爸妈妈了,再也不惹爷爷生气了。"

爷爷的白胡须在阳光下泛着金色的光芒,很好看。何小羽故意背对着爷爷,把头倒立在两腿间,说,爷爷,我又看见一个你。爷爷眯着眼睛笑,满脸的笑纹,笑容里掩藏着苦涩。

突然有一天,爷爷对何小羽说:"小羽啊,想不想爸爸妈妈?"何小羽脆生生地喊了一句:"想。"说完后,他又急忙摇了摇头,弱弱地说了一句:"不想。"

爷爷明白,小羽懂事,不想让爷爷生气。爷爷摸摸何小羽的头说:"瓜娃子,想就想,爷爷不生气。"

爷爷捉来一只鸡,杀了,何小羽看着爷爷蹲在地上拔毛,爷爷说了,等爸爸妈妈回来一起吃吧。何小羽和爷爷一直等到了天黑,爸爸妈妈还没回来。何小羽带着甜甜的梦睡了,梦中,爸爸用胡茬扎了他的脸,很痒也很舒服,妈妈给他带了好多零食。

第二天，何小羽被一阵香味催醒了，醒来时，爸爸妈妈真的回来了。

可是，才过了一周，爸爸妈妈又要去外地打工了。何小羽趴在爷爷的肩膀哭着，好伤心。

爸爸妈妈走后，何小羽就经常哭，爷爷稍不注意说错话，触动了何小羽，他就坐在地上大哭，任谁也劝不住，哭累了，何小羽就要爷爷杀鸡，爷爷无奈，就杀鸡给何小羽吃。

可是，何小羽却不吃，他要等爸爸妈妈回来一起吃。何小羽说了："鸡杀了，爸爸妈妈就回来了。"可是，这一次，爸爸妈妈却没有回来。直到家里的鸡吃得只剩下一只芦花鸡时，爸爸妈妈还不见回来。

转眼间，又一个秋飘零的日子，何小羽马上就要上小学了，爸爸妈妈仍然没有回来，何小羽想让爸爸妈妈陪自己去报名，他在幼儿园时，看见别的小朋友都有爸爸妈妈陪，好羡慕。可怜那只芦花鸡，以后就只能将窝搭在高高的树杈上了。

空心树

被无数游子留恋的故土乡愁，留下的无非是记忆中的某些人和事物，就像树根一样，牢牢地深入地下，如果根都不在了，树心能不空？

第三章　亲情五味果

"聂家老三回来了，拎了一箱子钱，听说每个人都有份。"毛三媳妇眯着眼睛，摇着扇子，坐在村口的老皂角树下发布新闻。

"真的吗？你快给咱说说。"所有围在树底下的人，都放大了瞳孔紧追着毛三媳妇问。

"只怕是黄鼠狼给鸡拜年喽！"憨子叔在鞋底上磕掉了烟锅里的烟灰，忧心忡忡地说。

"憨子叔，你跟钱有仇啊？"毛三媳妇那张嘴像刀子一样锋利。

"钱，谁都喜欢，但君子爱财，取之有道，我怕那些钱拿了，晚上睡不踏实！"憨子叔铁青着脸，猛吸了一口烟。

"哟，看不出来呀，憨子叔蛮有气节的嘛！"有人冷嘲热讽。

聂家老三确实回来了，确实带回来一箱子钱，但天下哪有免费的午餐呢？

老皂角树下的乡亲们，亲眼看见聂家老三从一辆白色的小汽车里下来，走进了村主任的家里。

村主任看见聂家老三，兴奋地从椅子上跳起来。

他拉住了聂家老三的手，激动地说不出话来了。

嘴唇颤抖着，说："聂，聂总，你，你可算来了，你是咱们村的大救星啊！"

原来，去年村子里修路，欠下了一大屁股债。

村主任被债主们逼得头发白了一大圈，只要见村主任在，昨天来个要运费的，今天水泥厂的就上门了，经常半夜三更的

爱情锁

都有人堵他们家门。

村主任现在成了过街老鼠了。

当初修路为了大家出行方便，是好事吧！路修好了，没有人提钱的事儿，大家都一副事不关己，高高挂起的模样。

他召开了好几次村民大会，让每家每户都掏点钱出来，每次会议都砸锅，大家不欢而散。

这聂家老三回来，可解了村上的燃眉之急了！

这聂家老三也不是慈善家，他有他的小心思。

他要买村中的这棵百年老皂角树。

一听到这个消息，村民们个个炸了锅。

可一提到钱，每家每户按人头分，每人可以分到2000元，大家都改变了主意。

憨子叔等几个老人都没有拦住他们，聂家老三说了，他会把这棵树移到他们家别墅院子里，是送给老父亲的一份九十大寿的贺礼。到现在，老聂还不知道这事儿，他想给父亲一个惊喜。

而且，他会像呵护一个孩子一样伺候这棵树，找专门的园艺师，每天给它浇水，定期给它施肥，而且乡亲们如果想这棵树了，还可以到他们家来看，他一定不忘自己是老村的人，以礼厚待每一位乡亲。

村民们被感动了，他们同意了。

挖走皂角树的那天，聂家老三兑现了自己的承诺，给每家每户发了补助，而且还给孤寡老人多了一份。

这样的善举带走了人们对于挖走树的失落感，大家高高兴兴地蘸着唾沫数着钱，那兴奋劲儿别提有多高呢。

第三章　亲情五味果

老爷子从国外旅游回来，看到院子里的百年老皂角树。

他拍着那棵硕大的树干，将目光延伸成了一条线，线的顶端，是那棵被砍掉树枝的老树。

原来，老树刚移到城里的那天晚上，就下了大暴雨，树头被雷电击中，树干已经成空心的了。

百年的老皂角树，可是老村的象征啊！

儿子走过来，望了一眼他说："爹，怎么样，您一直念叨着这棵树，我给您直接买回来了，栽在咱家院子里看，您天天都能看着。"

父亲浑身颤抖着抚摸着树干，将脸紧紧地贴在上面。

儿子没有理会他的表情，依然在喋喋不休。

好大一会儿，也许儿子察觉到了父亲的神态异常，他转过头去，才发现，父亲满脸泪水，沿着脸上的皱纹顺流直下。

抱着树的老父亲，突然间顺着树根倒了下去。

聂家老三急忙拨打120，医生诊断说，老人是脑出血，而且是大面积出血，让他们做好心理准备。

父亲在医院里，昏迷不醒，聂老三一直陪在父亲的病床前。

直到第五天，父亲突然间睁开了眼睛，他拉住父亲的手说："对不起啊，爸，我原以为你喜欢这棵树，就想让您天天看见这棵树。"

父亲给他讲了这棵树的来历。

当年，日本鬼子全面侵略，你奶奶作为游击队员，为了保护村民们的安全，在村后面最高的山顶上，种了一棵皂角树，作为消息树。

爱情锁

如果谁发现了鬼子，就放倒皂角树。

这棵皂角树，救了全村人的命。

后来，你奶奶被鬼子抓住，当着全村人的面，将你奶奶处决了，还把她的头挂在村口示众。

村里人为了纪念你奶奶，就在他们处决你奶奶的地方，栽下了这棵皂角树。

如今，树根都不在了，树心能不空吗？

"爸，我错了，我知道我错了……"聂家老三泣不成声了。

等他抬起头来时，父亲大睁着双眼，胳膊却早已垂下了。

救急电话

任何关系退化贬值，遇到危难时，解救你的，永远是父母这对无声无息的爱的奴隶。

袁春快要结婚了，父亲在给他帮忙装修新房时，不小心把脚扭伤了。袁春心里憋的那个火呀，真的没地儿发去。

他只能埋怨父亲说："怎么那么不小心呢？"

父亲像个做了错事的小孩，不住地道歉说："对不起啊，没想到又给你添乱了，人老了，不中用了。"

父亲年轻时，性格很火爆，家里人几乎谁也不敢得罪他的，可现如今，人老了，脾气也没了。看着父亲自责，袁春也不忍

第三章　亲情五味果

心了，他又安慰父亲说："没事了，你现在躺下好好休息，其他的事情你就不用管了。"

为了缓释一下压力，晚上，袁春宴请自己的兄弟们。

猴子那晚喝高了，拍着胸脯说："哥，你放心，你的事儿我包了，只要你一个电话，哥们我没二话。"

二毛一边用小指甲剔牙缝里的菜渣，一边说："老弟呀，你的事儿就是哥的事儿，有啥活儿，你就说呀。"

小井打着酒嗝，抱着袁春哭着说："哥呀，咱俩这比亲兄弟还亲的，你不要看不起小弟没找到对象啊，你的事儿，小弟我也包了。"

兄弟们这么仗义，袁春也感动地流了泪水，他心里踏实了。

第二天，袁春带着未婚妻去了西安拍婚纱照。

摄影师的快门刚刚按下来的时候，袁春的电话响了，对方说他是装空调的工人，已经在他家新房门口等着呢。

袁春急了，说："我在西安拍婚纱照呢，你先回去，我回来了找您。"

对方急了，央求他："大哥，您就救个急吧，老妈病了，我这个月刚回了一趟老家，任务还没有完成，我们老板说了，如果今天你这台再不装上，我就被炒鱿鱼了。"

袁春只好说："那你等着，我给我哥们儿打电话，他一会儿就到。"

袁春的电话第一个打给猴子，猴子那边噼里啪啦的，挺吵。

袁春说让猴子帮忙去照看一下，装空调的在新房那边等着呢。猴子声音提高了八度说："袁春，我今儿个手气那可真好

爱情锁

呀,你给二毛打吧,哥们儿今天可能要发了。"

没等袁春再说什么,猴子那边已经传来了忙音。

袁春只好打电话给二毛,二毛说:"春儿啊,哥现在陪你嫂子在买衣服,真走不开呀,对不住了,哥们儿。"

袁春没有再说什么,他把所有的希望都寄托给了小井。

小井的电话接通了,袁春听见里面碰撞酒杯的声音。

袁春说:"小井呀,帮哥们一个忙吧,去我新房照看一下,装空调的来了。耽误你十来分钟的时间。"

小井舌头打着弯儿说:"哥,来,快过来喝酒啊,什么,空,空什么调啊?明儿小弟我请你喝酒。"

袁春犯了难,摄影师还在那儿不停地催:"大哥,您到底忙完了没有啊?我这儿还有下一对夫妻呢?"

未婚妻也等得不耐烦了,她说:"袁春,你到底拍不拍了,再不拍,我可就脱婚纱走人了。"

袁春嘴里应着:"拍,拍,马上就好。"

袁春不知道这个电话打给谁好呢?

这时电话却响了起来,是爸爸的声音:"他说,春儿呀,空调我给看着装好了,今天没事干,我就想去你新房看看,结果正好碰见装空调的小伙子,装好了。"

"爸,你的脚伤还没好呢,你怎么那么不听话呢?"

"没事儿,我这拄着拐,全当锻炼了,这一天坐着不动,累得慌!你快去忙吧!"

袁春的泪水一下子滚落了下来。

化妆师不得不给他补妆,他说:"是风迷了眼睛。"

第三章　亲情五味果

化妆师睁大眼睛看了他一眼，幽幽地说："室内，没风。"

斗　鸡

有些人不和你争，是不屑。有些人是不想伤害你。

立春和谷雨是死对头，起因是由于斗鸡。

立春的鸡叫黑豹，急脾气，性格刚烈，和立春一样。

立春总是蹴在门前的碌碡上端着大老碗咥着油泼辣子棍棍面，辣椒油红旺旺的，立春头也不抬，呼噜呼噜，一碗臊子干拌面便见了底，惹得黑豹急得在地上打转转，几次跳起来欲抢他碗里的吃食，立春端起第二碗饭，用筷子夹起一根面条，故意端得高高的，让黑豹抢。

谷雨抱着白狼从立春眼前走过，白狼也是一只鸡，浑身的毛色亮白，谷雨的白狼性子温吞。

黑豹见到白狼，双目圆睁，脖颈间的毛竖了起来，将头俯下，屁股撅起来，卯足了劲儿，向白狼扑了过去。

谷雨性子蔫，不太爱说话，谷雨的白狼见了黑豹扑来，它将头低下，假装躲避的姿势，实则迎战，在黑豹扑上来的瞬间，它一个翻身，躲开了，谷雨的白狼嘴啄在了地上，吃了一嘴的泥，路人皆哈哈大笑。

黑豹不死心，它趁势攻击，将白狼逼到了绝境，白狼没地

爱情锁

儿躲避了，它猛然间向上跳出了半米多高，一个俯冲，像鹰一般，朝黑豹的鸡冠猛啄下去，黑豹还没反应过来，就被白狼啄得鲜血直流，黑豹的急脾气上来了，它不死心，后退几步，又冲了上去，都被白狼巧妙的反败为胜了。黑豹精力不济了，白狼连胜三局。

立春为此懊恼了数月，他把黑豹饿了三天，想让它多长点记性，他得让黑豹给他赢回这个局，不然，他心里不舒服。

第二天，谷雨见到立春，他主动去搭讪，："立春哥，去放牛啊？"立春从鼻腔里"嗯"了一声，心里却不悦。

谷雨知道，立春的劲儿还没缓过来，谷雨和立春本是一起穿开裆裤长大的邻居，谷雨不想为了这事情伤了兄弟和气。

晚上，谷雨拿了些柿子去了立春家，说："立春哥，对不起，我不知道白狼那么厉害，咱就是玩玩，你可别当真啊！"

立春梗着脖子说："不行，我得赢回来，不然，媳妇骂我怂。"

谷雨说："行，等你的黑豹恢复体力再说吧。"

三个月过后，正值冬闲，立春抱着黑豹来了，谷雨的白狼蔫头耷耳的，立春拍拍黑豹的头说："别轻敌，小心一点，白狼和谷雨一样，表面蔫，心狠呢！"

可是，黑豹和白狼还没斗两个回合，白狼明显体力不支，败下阵来了。

黑豹赢了，立春喜滋滋的。

谷雨抱着白狼回家了。

立春突然觉得不对劲，白狼怎么像没吃饱似的，立春悄悄地跟在谷雨身后，谷雨刚一进门，对媳妇说："按咱意愿，黑豹赢了，赶紧给鸡弄些吃的，饿三天了，快别饿出病来。"

立春的心里酸酸的，他觉得自己赢得不光彩。

他冲到谷雨面前，一把抓住他的衣领，白狼从谷雨怀里跳了出去，立春说："你，你们怎么能这样呢？我虽然赢了，我不照样输了吗？"

谷雨拨掉立春的手说："立春哥，对你来说，输赢真的有那么重要吗？咱三十多年的兄弟情分，抵不上你的斗鸡吗？"

立春松开了抓谷雨的手，"唉"一声，蹲在了地上，双手抱着头，他还没有反应过来，就被黑豹跳起来啄了一口，立春顺手拿起棍子去追鸡，鸡却飞上了树枝上。

立春说："谷雨，好歹你也叫我一声哥，我不得挣回点面子啊？"

谷雨笑了，说："行，明年咱再正式斗一下。到时候你可别后悔呀！"

立春抓着它的黑豹，朝鸡屁股拍了一把说："明年你得给我争点气，让我这当哥的好歹有个面子啊！"

独角戏

谁是这场戏的导演？在这孤单的角色里，对白总是自言自语，对手都是自己，看不出任何结局。亲爱的读者，你猜出结局了吗？

爱情锁

关山村黑压压一片，伸手不见五指的夜，黑虎站在村口，叮叮当当的敲打声，一直指引着他朝既定的目标走去。

他坐在马背上，露出了一丝不易察觉的笑。

村庄里的狗，也许闻到了异味，也许是听到了马蹄哒哒哒的声响，一起狂吠起来。

以前，铁匠晚上从来不打铁，可近几个月来，他总是连续从早晨一直打到夜里十点多才停下。

铁匠铺子里的敲打声，慢慢也变成了关山村人的闹钟。

铁匠多半是十点左右就歇工，关山村人一开始不习惯，感觉到闹心。天长日久的，等习惯之后，如果哪天铁匠早早关门休息或者有事外出了，他们都不习惯了，互相打听着，铁匠哪里去了？铁匠病了？没有这叮叮当当的打铁声，他们感觉空落落的。

女人们说的深更半夜，其实还早，晚上八点半钟而已。

关山村的人，习惯了晚上门户不上锁，有的人家，隔一道篱笆墙，有篱笆和没有篱笆是一个样子，都不会上锁，多是为了防止院子种的菜被鸡和猪糟蹋了，或者怕从山里来的野猪的侵袭，但大多数人家院门敞开着。

黑虎走到铁匠铺前边，勒住了马缰绳，他远远地看见，满脸黝黑的老铁匠，抡起大锤时，力气有些细弱了，一锤砸下去，红红的铁条在锤子的敲击下，火花四溅，火焰红通通一片，一个半大小伙子，正把老式的风箱拉得吧嗒吧嗒直响。小伙子机械地重复着这个动作，完全没有停下来的意思。老铁匠将一截砸得结实的铁块投入水中，水一下子嗞嗞作响，一股青烟冒起。

第三章　亲情五味果

黑虎下得马来,铁匠停下了手中的活计,低着头问了一声:"来了?"轻描淡写的一句,他说:"嗯,来了。"

就好似几天不见的老朋友,随意的那么一句。其实他和老铁匠素不相识。

老铁匠继续将那截黑铁放入火中煅烧,红红的火光照着他黝黑的脸,他的背有些佝偻了。

老铁匠不时地抽下脖子上的毛巾擦擦汗,然后,又随手将毛巾搭在肩膀上。那不是黑虎想象的那种浑圆厚实的肩膀,而是几乎皮包骨的一种形态。

黑虎有些失望,来之前,他在心里构画了许多种关于他的形象,从来没有想象到他会是这般模样,这般不堪一击。哪怕他再年轻一些,他都会拿出随身的那把刀子,狠狠地对准他。

黑虎在不远处的一块空地上坐下,他掏出干粮,随后又从马的褡裢里取出度数很高的白酒,55度的酒,他一仰脖子,喉结鼓起,咕噜咕噜喝下去一口,他喝得满面通红了。

眼睛充了血,他说:"老叔,过来喝一口。"声音里似乎压抑着一种来自远处的声音。

他从通红的炉火中,取出了那截黑铁块,放入水中,在水雾弥散中走向了黑虎,黑虎心中掠过一丝快意。

老铁匠大喊一声:"二虎,拿一只碗来。"黑虎惊异这个孩子,怎么和自己一样,也叫虎呢。

拉风箱的半大小伙子停了下来,顺手拿过一只黑色瓷釉碗,递给了老铁匠,他的目光和黑虎的目光对接时,他慌乱地低了下头,溜走了。

爱情锁

黑虎将酒倒入瓷碗中，酒在碗中荡起一圈一圈的波纹，在明明灭灭的火光中泛起光波在闪烁。

老铁匠端起那个老黑碗，一口猛灌，他的喉咙里发出了嗞嗞的声响。黑虎将酒瓶子往地上一撅，他问老铁匠："你难道不想问一下，我来做什么？"

老铁匠嘿嘿一笑，答非所问地说，我等了你三十年。

这边轮到黑虎惊讶了，他一手握起酒瓶，来掩饰自己的慌张。他打算再喝时，老铁匠拦住了他。

黑虎说："我来订做一把刀。必须是你亲手给我做。我爹在临死前手心里攥着你的名字。"

老铁匠说："我早为你准备好了。"

黑虎哈哈大笑着说："看来你是个聪明人，你不知道我要来杀你吗？"

老铁匠没有惊慌，他眼神镇定，气定神闲，那个坐在炉火前的二虎，嗖一下站起来，手握起了一把刀。

老铁匠呵斥了一声二虎说："放下，没你的事，一边去。"

二虎不情愿地扔下了刀，走时，踢倒了旁边的一个装垃圾的筐。垃圾散落了一地。

老铁匠拍了拍黑虎的肩膀说："还没吃饭吧，走，先住下再说。"老铁匠的话掷地有声，黑虎似乎也忘记了自己的初衷，他默默地跟着老铁匠来到了他的家。

一间低矮的土坯房，屋外暗淡的墙上长满了爬山虎，一阵风起，叶子簌簌作响。

铁匠帮他把马拴进马厩，他被安排在紧挨马厩的偏厦房

第三章 亲情五味果

里。一个矮墩墩的女人,从门里迎了出来。她用询问的眼神打量着铁匠问:"来客人了?"

老铁匠说:"快给娃做些饭。"

女人便在厨房里忙活开了,老铁匠帮他打了一盆热水,端了进来,说:"什么事儿也别想,趁热洗洗,山风大,潮气也大。"

黑虎这才感觉到,他是真累了,他望着铁匠慈祥的脸,终于放下了自己的背负,开始洗漱。

他把僵硬的脚伸进水盆里,一股热流从脚底弥散开来。

铁匠女人端来了饭,黑虎用警惕的眼神询问着,老铁匠在一旁看出了他的顾虑,他说:"娃呀,吃吧,乡下人,不会做什么手脚的。"

黑虎肚子咕咕直叫,他端起大老碗,一下子吃了个底朝天,铁匠女人从他手中接过碗,又给他盛了一碗,他一连吃了三大碗。

女人离去后,老铁匠从腰间掏出一把刀,扔在炕头,然后,自己蹲在地上,扑哧扑哧吸了几锅烟,黑虎看到了他的脸色凝重而深沉。

他拿起那把小弯刀,在自己的手上比试着刀刃的钢性。他等着老铁匠说点什么或者做点什么,可他什么也没说,临走时,他将烟锅在鞋底沿上磕了磕,倒完了烟灰,他说:"早点睡吧。"

铁匠走了,直到后半夜了,他还翻来覆去的睡不着,水般的月光从窗外洒了进来,他索性起床,披件衣服走到外边院子里去。

夜深了,周围一片寂静,一阵风吹来,他赶紧裹紧了披在

爱情锁

身上的衣服。

月光下，黑虎坐在院子中的一截树桩上，那个树桩的年龄清晰可辨，他从兜里掏出一支烟，点上，一圈一圈地接着数。

突然，一阵抽泣声从上房里传了出来。女人的哭声，低低地抽泣着。静夜里，那一声，如同春天的雷声滑过天空，惊心动魄。

黑虎一个箭步跨进去，直奔上房里屋，这一幕，让他惊呆了。

老铁匠的头垂在炕沿边，地上一大滩血。铁匠女人不住地摇晃着他的身子说，糟老头子，你可不能食言啊，你说过，咱俩一起走的。

铁匠女人说，他吐血了。

黑虎把手伸到了铁匠的鼻根处试了试，他摇了摇头说，老叔怕是不行了。

铁匠女人一声歇斯底里的大吼，把整个关山村吼醒了。

村子里的狗又一次狂吠着，几只猫头鹰蹲在树顶上叫着，凄切而悲惨。二虎从迷糊中意识到这一切时，他一把抓住了黑虎的衣领说："是你害死了我爹。"

黑虎一动也没动。

二虎娘一边去拉二虎，一边不住地劝，她哭着说："二虎，他是你哥。"

黑虎和二虎两个人，显然都被这句话震住了。二虎的手明显地松开了，黑虎也纳闷了，这个被视作仇人的人，怎么转眼间就成了自己的爹呢？"

第三章　亲情五味果

二虎狠狠地将手甩了下来，他瞪了一眼黑虎说："事情过后我再找你算账。"然后，穿白戴孝地跪下给爹烧纸钱。铁匠女人想把那些打铁的家当埋进铁匠的墓中，黑虎劝铁匠女人留下那些家当。

按当地风俗，黑虎也穿起了孝衫。直到忙完了七天，才算把铁匠埋进了土里。

埋葬了铁匠，黑虎颓然地扔下了那把弯月刀，他不明白，老铁匠说的那些话，还有铁匠女人近乎于胡言乱语的那些话。

黑虎打算离开这里，走之前，他给马喂足了草料，再去铁匠女人的房间里道别。

黑虎默默地坐在炕头的一角。女人虚弱地从炕头爬起来，对他说："你等一下。"

女人说："我给你讲个故事吧。"

黑虎没有言语，只有静静地听着，他感觉自己是一个失败的剑客，还没有动手，对手就倒下。对手不是让他的气势吓倒的。他感觉自己是一个失败者，惨败。

三十年前，有一个老铁匠，从河南挑着担儿逃荒到关山村，就在这里落下了脚跟。靠着一双手和自己的技艺养活一家人。那时候，人们劳作种庄稼全靠锄头镢头镰刀，由于关山村地处陕甘交界处，山大沟深，常有一些野猪等出没，铁匠就帮关山村的人打一些防身的工具和农具。老铁匠想把自己的打铁技术传给儿子，儿子却不学好，成天在村子里乱转游，干一些偷鸡摸狗的事儿，经常被邻居找上门来骂。

那天，村子里来了一个年轻骟匠，那年月，肉是精贵的，

爱情锁

孩子们都围在一起，看着骟匠的刀刚落地，骟匠顾着用针缝合牲畜的伤口，孩子们便急吼吼去捡拾那些掉在地上的肉，顾不得上面沾着土或者血，捡起来就跑回家，让妈妈或者奶奶给自己炒着吃。骟匠也不在意，他也不去拦着。

铁匠儿子拿起了那把刀玩，不小心撞了一个抢到了肉的孩子，刀落到了大腿根间，血一下子就涌了出来，骟匠顾不得手中还在挣扎的那头小猪，一把抱起流了血的铁匠儿子，铁匠儿子却杀猪般地嚎叫着。

等送到关山村的赤脚医生跟前时，为时已晚了。铁匠儿子从此后，失去了生育能力。

后来，骟匠认了老铁匠作干爹，其实那年的小骟匠，年纪只有十六岁，比铁匠的儿子大两个多月，他放弃了自己的手艺，跟着老铁匠学打铁。

在他们俩长到二十岁时，老铁匠为他们娶了亲，骟匠的妻子叫碎梅，铁匠儿子的媳妇叫四凤，各自成家一年后，碎梅怀了孩子，四凤也有了身孕，两个媳妇各自挺着大肚子，碎梅生孩子那天，请村中的一个接生婆，碎梅对四凤说："我生了女儿，你若生了儿子，咱就订个娃娃亲。"四凤脸上泛起了红晕说，姐姐可要当真哟。碎梅说："那当然的，你这么漂亮，生得孩子也一定非常的可爱。"

可谁想到，等到碎梅醒过来时，怀里却是一个大枕头，孩子也不见踪影，碎梅当时就昏了过去，而四凤连同孩子都不见了。她哭过，天天抱着个破枕头哭得好伤心。

后来，她就缠着接生婆问，我的孩子哪里去了？四凤一家

第三章 亲情五味果

哪里去了？接生婆总是躲闪着目光说，我不知道，我什么也不知道。碎梅快哭成了泪人儿，她的心被揪了一大块，生疼。她去跳过河，被人救起了。她常在半夜里醒来，恍惚着听见孩子的哭声。

直到有了二虎，她的心才慢慢舒展起来，可她的心里总记得还有一个丢失的孩子。直到你的出现，那个死老头，才告诉我说，你就是我日思夜想的儿子，就是那个当年被四凤一家带走的孩子。其实老头子的肺癌已到了晚期，他说，他早知道你的养父已经过世了，你早晚会回来的，最近这几个多月，他一直打铁到深更半夜，为等你。

这些事情，全是他一个人导演的，我却被蒙在鼓里几十年啊！

黑虎没有言语，他走出门去，将那匹马重新拉回到了马厩里，拿起了那把大锤，重重地抡了下去。

偷　艺

处处留心皆学问。只要努力过了，再大的困难，那都不是事。

黎嫂迷茫地望向窗外没有一丝云彩的天，她比天还焦灼。大毛二毛三毛都瘦得皮包骨，怀里的四毛噙着她的奶头，

爱情锁

拱足了劲儿吮着奶水,可是,一丁点奶水也吸不出来了。

透过他们家的矮墙头,隔壁的金叔正在他们家院子里和泥,双脚踩在泥里,踩得吃力,金婶在捏泥人儿。黎根味还没回家,他拿着一把镰刀去邻村揽活计,这麦子都收完个把月了,还不见他人回来。

黎嫂把四毛平放在炕头,给大毛交代了几句,便去了隔壁院子里。

黎嫂进了院子,二话不说,手脚麻利地帮助金婶儿,金婶抬起胳膊擦了把额头的汗水,一绺泥粘在了她的额头。

黎嫂细心地帮金婶儿擦干净,金婶儿进屋,端出一碗稀粥,对黎嫂说:"快去给娃们喝吧,这光景再难,咱不能让娃们遭罪呀!"

黎嫂眼窝一热,有泪水滴落,她连声说:"这怎么好,这怎么好!"手却不由自主地碰到了盛粥的碗边。

黎嫂端着粥,大步出了门,回家给几个娃分着吃。把清汤给四毛喂了些。她把碗洗净,端着空碗回到了金婶家。

放下碗,她默默地去帮金婶的忙,金婶在捏泥人,捏好之后,用小刀在刻泥人的面部,那一招一式,黎嫂看在眼里,记在了心里。

她们一边拉着家常,一边捏泥人,金家的手艺,一般不传外人。

金家儿子挑着一担子泥人儿,去外边讨生活,每次出去大约半个月时间,老俩口在家里负责捏泥人,黎嫂说:"金叔金婶,你看,你们老两口这么忙,我给你们做饭吧,闲的时间也

第三章　亲情五味果

能帮你们打打下手,我不要钱,只想分一点汤,养活我那可怜的四个孩子。"

金叔面露难色,金婶说:"这年月,谁的日子也不过好,好歹我们有个手艺,还不至于饿到,这街坊邻居的,不帮也看不过去呀!"

黎嫂人聪明,手脚麻利,做饭也能做出花样来,一样红红的高粱面,她能和着玉米面,擀成"金裹银",蘸着红色的辣椒油,吃得人舒服得直咂巴嘴,金叔的脸一下子晴朗了,他说:"这黎嫂手真巧,以后你就踏踏实实在我家做饭,保证你那四个娃饿不着。"

黎嫂感动地直掉泪,她激动地给金叔跪下来,金叔忙说:"娃呀,使不得呀,使不得!"

黎嫂做完饭,便给金叔和金婶打下手,她眼里有活儿,有时候,趁金叔忙别的,挽起裤腿,光脚踩进泥里,帮着金叔踩泥,金婶心疼地说:"娃呀,这是男人们干的活儿,女人身子骨弱,不能啊!"

黎嫂大大咧咧地说:"庄户人家,哪能那么细发呢?粗疏点,要养孩子呢。"

和泥打交道,是个累人的活儿,一到晚上,黎嫂感觉到身子都散了架,可她还是坚持着。

透过月色,望着身边躺着的几个娃儿,她的心更稳了。

哄睡着娃儿,她悄悄地下了炕头,用黑柴头,在墙上画着,一个个人儿,很形象。

第二天,大毛看见墙上画的画儿,说:"娘,你画的跟金

爱情锁

爷爷捏的泥人一个模样儿。"

　　黎嫂急忙捂住娃儿的嘴,生怕她再说出去,她对大毛他们几个说:"千万不能说出去,说出咱们都没有饭吃了,会饿死的。"

　　大毛他们一齐捂住嘴,娃儿们已经被饿怕了,便不再说话。

　　金家儿子挑着担儿回来,挑回来很多吃食,当然,还有钱。

　　金叔说:"回来了,就帮着我们捏泥人吧,你成天光知道换钱,谁给你捏呢?多亏黎嫂帮我们。"

　　金家儿子说:"爹,我喜欢到处跑,捏泥人,我不喜欢,也没那个耐心。"

　　金叔无奈,金家儿子又挑着担子跑出去了。

　　日子还在继续着,一晃三年过去了,黎根味在人间蒸发了,孩子们的个头都蹿了老大一截子。

　　八十岁高龄的金叔和金婶相继过世了。

　　金家儿子傻了眼,眼望着父母的手艺在他这里失传了,关键问题是,他不知道他现在可以挑着什么去卖了?

　　黎嫂说:"金龙,你还出去不?"

　　金龙沮丧地说:"现在出去挑啥呀?总不能卖土吧?"

　　黎嫂拿出两个现做的泥人说:"你看这个咋样?能卖不?"

　　金龙欣喜地拿过泥人说:"能,绝对能,这跟我爹娘的手艺比一点都不差啊!你捏的吗?"

　　"我负责捏泥人,你负责卖,咱俩五五分成行吗?"

　　"行!"金龙的眼窝里有泪珠儿滚落,他想爹娘了!

　　"娘,你看我捏的泥人,像不像?"大毛手里拿着他学捏的小泥人,还真不错呢?

▶ 第三章　亲情五味果

黎嫂欣喜地抱起了大毛，她将头抵在大毛的额头，泪水汩汩往下流。

隐形的眼睛

父母留给孩子的财富，不一定是物质，也许还有很多精神层面的东西。你是否也和他一样，在做坏事的时候，总有一双隐形的眼睛在监督你，引导你呢？

迟小北是胆子特别大的那种男孩子，行窃这半年多，他从来没有失过手。

可最近几次，奇了怪了，迟小北连连以失败而告终。

迟小北很郁闷，他的失利不是主人发现了他，而是他自己的原因。

那天晚上，迟小北等那家主人睡下后，凌晨两点半左右，蹲守在门外的迟小北，打算翻墙跃入室内，可是，他刚爬上人家的墙头，迟小北就感觉不对劲，他的双腿发软，两手无力，而且，眼前出现了一双忽闪的眼睛。

迟小北摇了发懵的头，暗夜里，那双眼睛一直在闪烁着。

迟小北退回到墙外，他再一次望向前方，那双眼睛却消失了。

真晦气！迟小北点燃了一支烟，打算给自己壮壮胆。

爱情锁

一支烟快燃尽的时候，迟小北再一次鼓起勇气，他打算再行动一次。

他扔掉烟蒂，狠狠地用脚尖将火熄灭，像猴子一样蹿上了墙头。

蹿上墙头的那一瞬间，那双明亮的眼睛再一次闪烁在他的眼前，迟小北扔了一块小石子过去，按他的力道，肯定会砸中的，可那双眼睛根本没有躲闪，迟小北没有勇气了，他跳下墙头，悻悻然回去了。

见鬼了，八成是见鬼了。

这究竟是怎么回事呢？迟小北根本想不明白。

第二天，父亲从老家打来电话，他问迟小北："最近工作怎么样？还顺利吗？我昨晚梦见你妈了，她一直记挂着你。"

迟小北一直骗父亲，说自己在一家房地产公司工作，收入还不错，让父亲不要为自己担心。

迟小北在电话这头支支吾吾地说："爸，您放心吧，我工作好着呢，您一个人要多保重啊！"

挂断电话的迟小北，泪水早已涌满眼眶，他望着窗台上母亲的遗像，深深地鞠了个躬。

"妈，对不起，我一直没对您说实话。雪儿的妈妈，已经对我下了最后的通牒，如果半年之内再买不到房子，她就把女儿嫁给那个离了婚的老男人。我一个大学生，却沦落到了今天这般田地啊！"

模糊的泪光中，有一双眼睛再一次闪烁在眼前。

迟小北惊叫着："妈，是您吗？怎么会是您呢？"

> 第三章　亲情五味果

他向前走了一步，那双眼睛却奇迹般消失了。

这一夜，迟小北辗转反侧，他知道，从此后，那双眼睛再也不会消失了。

第二天，迟小北去了一家快递公司应聘，他顺利地当上了一名快递员。

每天开着快递送货车，穿梭在城市的角角落落里。

奇怪，自从他有了正当的工作之后，那双眼睛再也没有出现过。

伯　母

朴实的生活，练就了伯母豁达的人生态度，不用费心去寻找哲理，哲学都在生活中。

伯母和我没有血缘关系，她是老公的伯母。小小的个子，粽子一样的小脚，在风雨中如同残烛，却飘摇了整整八十五年。

见到她的第一眼，是我刚踏进老公家门槛的第一天，那个瘦弱的老妪，拄着拐棍，穿着偏襟的藏蓝色衣服。虽然看上去年纪很大的样子，但神志清晰胜过常人。

有一段时日，生完孩子重返岗位的我，每天要照顾孩子，还要完成工作任务，要努力做出业绩，日子每天如同拷贝的一

爱情锁

样，乏味却不得不继续着，我感觉自己几乎快崩溃了。

老公说："去和伯母聊聊天吧。"

我苦笑着说："一个农村老太太，能帮到我什么呢？"

见了伯母，她亲切地握着我的手问东问西。那双手，几乎是皮裹着骨头，如同一截枯树枝般让人心疼，凸突起的青色血管像盘绕在树枝上的蚯蚓隐在皮下。

一双眼珠无神地镶在眼眶中，但那张脸是平静的。我在想，岁月的烟火怎么能这么残酷，把一个昔日鲜活的生命，熏成了一具枯槁。

伯母踮起小脚，从院子中的梨树上，顺手摘下一颗黄澄澄的梨子递给我说："吃吧，自己家种的，没有打农药，挺甜的。"

我也没有客气，拿过来翻看了一下，就咬了一大口，然后，随着"啊！"的一声大叫，梨被我扔出了老远。

伯母没有表现出任何的异样，她似乎早就预料到了结果。她笑着说："吃到虫子了吗？"

"嗯！怎么会这样啊！从外面看不出来啊，几乎连虫眼都没有。表皮很光滑的。"

"正因为光滑，才让你放松了警惕。自己家种的梨树，一般都不打农药，有虫子很正常，可能你运气不好，也有没长虫子的梨。人也一样，大多数人的日子都表面看着光堂，虫子都在里面。"

忍不住拉过一把小凳子，坐下来，和她聊天，一聊就是一上午。这个一生都生活在乡间的老妪，让我对生活有了深层的感触，也有一种对她难以割舍的依恋。

第三章　亲情五味果

每次走进她那个带着照壁的老院子,总见她坐在藤椅里,手中拿一双正在纳着的鞋底,给儿孙们做麻鞋,孩子们都笑她,你别做麻鞋了,现在谁还穿你那个笨笨重重的鞋子啊,她说,我图个心儿清静。也是,一个乡间的老太太,没有多少打发时光的事儿,只有让手中不闲着,心才能清静下来。

也别说,这老太太,一生多坎坷,却最终笑着走了过来。面对生活中的诸多不幸,硬是咬着牙挺了过来,才换来今天的平静,老太太的隐忍,是多少个女人难以做到的,她做到了。

老头子过世的早,走时留下了六个孩子,老太太硬是凭着一股子劲儿把他们拉扯大。一个没多少文化的老太太,用一篮子又一篮子的鸡蛋换来的钱,供老四上完了大学,按说,她可以安享晚年了。

好不容易该嫁的嫁了,该娶的娶了,老太太也两鬓斑白了。终于可以享受一下清福了。

谁曾想,老二新婚不久,和别人去跑生意,出了车祸,人被拉到医院的太平间里,全家人都不敢给老太太说老二死去的真相。差人给老太太先一点点的渗透。老大对老太太说:"娘,老二出车祸了,在医院里,挺严重。医生说了,救活也是植物人。"老大说得吞吞吐吐,其实把医生请来,在门外站着,生怕老太太受不了这个打击,一下子被击垮了。令所有人没有想到的是,老太太平静地说:"娘也猜到了,人怕是早走了!走吧走吧!"儿女们都忍不住大哭,没想到,一个瘦弱的肩膀为他们担起了重担,令儿女们感动不已。

爱情锁

老太太如同一根柱子，一下子把塌了的天顶住了。村子里的人都感动，好多男人们都说，谁说天塌下来大个子顶着啊，这么一个小个子老太太，却为儿女们顶住了整个天空。

老太太常给我说，人啊，这一生，要守得住。

一直到老太太去世，我都在想，她的守得住，是守得住什么？是守得住老祖宗的家业？还是清贫？细想想，老太太守了半辈子寡，守得住儿孙们，守得住这份来之不易的家业。

老太太在临终前几天，我见她坐在老藤椅里，腿上蜷着一只猫，低着头坐着打盹。

不忍心打搅她，我打算悄悄地离开。她却微眯着眼睛说："娟，来了就坐坐吧！什么事儿这么急着走，日子要慢慢过啊！"和老太太聊了好多事儿，我总是在她的话语中，无形中受到感染，感染那份对生活的达观。

不要恨那个爱你的人

在父母的世界里，从来不要回报的关爱，却被儿女们视作负担。只有儿女们把心剖开，才能揭开自己无穷的伪装。

接到大姐的电话，她闪烁其词地问我最近忙不忙，有没有去看过爸妈？一提起爸妈，我沉默良久说："我最近很忙，没时间。"大姐说："你不去看他们，爸已经来看过你好几次了。"

第三章　亲情五味果

我在电话里一再申明，我没有见他来过啊。大姐规劝我说，别再跟老爸怄气了，你们开运动会那几天，爸爸也不知听谁说了，非要去看你参加运动会，那两天他胃病又犯了，可谁也拦不住他。他坚持说，老三这孩子身子弱，不知道运动会能不能坚持下来，我得去看看她。你没见他回家给妈描述你时那个高兴劲啊！他笑呵呵地说，没想到，咱家老三虽然瘦，可那枪"呼"这么一响，她一下子就蹿出了老远。我原想，她生完孩子后，再也跑不动了，嘿嘿，咱家老三，还真行！说着还竖起了大拇指，言语中的兴奋劲，比他自己买彩票中奖了还乐呵。他和妈两个人，在一起边说你边开心的笑，说着说着，他又心疼你了，他说老三快跑到终点的时候，脸色苍白，我真想上去扶她一把，可又怕她烦我，我没敢上去，只能远远地看着她，爸妈又一次为你掉了眼泪，可怜天下父母心啊！大姐还在电话那头喋喋不休，我的泪水早已模糊了视线。

提起这茬儿，我的记忆重回几个月前，爸爸来单位找我，我跑出去时，爸爸在雨里撑着一把伞，给我带来了许多妈妈包的饺子和泡菜，这都是我最爱吃的东西。我顺手抓了一个饺子放在嘴里嚼着，爸爸笑着说，慢点来，别噎着。也太不凑巧了，我出去的时候，刚好领导查岗，我不但受罚还挨了批评。

委屈的我，抓起电话朝老爸吼："谁让你到我单位找我，我再也不想吃你拿的东西了，不好吃，你知不知道，我这次挨训了？"

爸爸在电话中没有言语，我能想象得出，他歉疚的神情。扔下电话，我的气消了大半。

爱情锁

两三个月了，爸爸再也没有找过我。偶尔下班回家，家门口多了一些白菜萝卜之类，当然，还有妈妈包的饺子。事后想想，自己是不是有点过分了。可我还是以工作忙为借口，一直没有去看过他们。

顺着大姐的电话，还是回家一趟吧。推开院门，院子里静悄悄地，爸爸正在打点滴，妈妈正坐在炕头打盹。

妈妈说："你爸非要给你送点吃的去，下了这么大的雪，路滑，我不让去，他非得去。说你一忙起来吃饭总凑合。怕你饿出胃病来，这不，还没走出家门，就摔了一跤。"

突然间，鼻子酸酸地直掉泪，我喊叫着："爸爸，你又是何苦呢？"爸爸笑着说："没事，过两天就好了，不信，你瞧瞧，我这身子硬朗着哩。只要你不恨老爸就行了。"他咬着牙，硬撑着起来。我嗔怪他说，我哪有恨你啊，你是我老爸，还不了解女儿的秉性啊！

第四章　聚焦爱心路

　　爱心是沙漠中一眼泉水，使濒临绝境的人看到了生存的希望；爱心是深冬的那一抹阳光，使饥寒交加的人享受到温暖；爱心是大海中的灯塔，指明了别人的航向，温暖了自己。

听云姑娘讲故事

　　做一个简单朴素的人，过平淡的生活，这也是很多人的奢望呢？

　　医生又一次下病危通知单了，走出医办室，我急忙将签过字的病危通知单塞到口袋里，擦干泪水，想挤出一点笑容回到母亲的病房，可是，强忍的泪水又一次像决了堤，我转身走出了住院部。

　　母亲已经连续十多天的高烧了，大姐还在病房里陪她，医

爱情锁

生到现在也没有下定论，母亲却强撑着自己上卫生间，还不停地催我们回去上班，说她一个人能行，只是输液而已。

我一个人去医院后边的小树林溜达一下，等自己心情平复了再回去。

好久都不曾抽烟了，我翻出烟盒，只剩下两支了，将烟噙在嘴里，我却忘记了拿打火机，我左翻右翻，都没能找到。

刚打算放弃时，后边的一个声音吓了我一跳："大哥，需要火吗？"

我警惕地转了一下身子，才发现在我身后的石椅子上，坐着一个姑娘，她穿着病号服，面色蜡黄，嘴里叼着一支烟。

她递过来一个打火机，我还在犹豫，到底是接还是不接呢？

"看你，一个大男人，我会吃了你吗？"姑娘咯咯地笑着，完全不像一个病人。

我这才放松了警惕，接过她的打火机，点着烟，狠狠地吐出了一个烟圈儿，心中积郁的痛苦似乎减少了一大半。

送还了打火机，我打算离开，一个人去树林里转转。再说，我不怎么喜欢女孩子抽烟。

刚抬步打算离开，那姑娘却对我说："大哥，我得了绝症。"

心中猛然一惊，我再次抬眼，目光落在她的脸上，她这么年轻，怎么可能呢？

"小孩子，得一点小病就乱讲话，现在医学这么发达，不能胡思乱想。"我以一个大哥的身份开始了训导。

姑娘猛吸了一口烟，面朝天空吐了一个烟圈，说："我叫云，有一个男朋友,他长得很帅气,我还为他生过一个小孩,是个女孩子,跟我长得很像。"

"你多大了?"

"十九。"

"那孩子呢?"

"孩子去了国外,由她奶奶抚养,孩子现在已经两岁多了。特别可爱,两个小虎牙。"她目光悠远,似乎在神往着什么。

"噢。那你少抽烟了,女孩子抽烟不好。尽快让自己好起来,你就可以去看她了。"我劝说着她。

"说说你吧,大哥。"姑娘抬眸,长长的睫毛像刷子一样张开。

"我呢,儿子今年已经五岁了,长得虎头虎脑的,在上幼儿园,我媳妇刚好在幼儿园工作,她可以照管孩子。"

"大哥,你真幸福。"姑娘的目光中,充满了羡慕与向往。

不远处有一个身影朝我们走了过来,一个瘦小的男孩子,他焦急地走到姑娘身边,也不看我,说:"谁让你到处乱跑呢?护士要给你输液呢?"

女孩满不在乎地又朝天空吐了个烟圈,那个男孩转过身,恶狠狠地对我说:"谁让你给她烟的,她在化疗,医生不让抽烟的。"

虽然那烟不是我给的,但我心中还是一惊。

"对不起。"

男孩瞪了我一眼,扶着女孩离开了。

我说:"好好抚养你们的孩子。"

爱情锁

"什么孩子？"男孩迷茫地望了我一眼。

望着他们远去的背影，我把烟蒂扔在脚下，狠狠地用脚尖踩着转了一个圈。

我多想对那姑娘喊一句，我，29岁，未婚，我妈希望我将来找一个幼儿园老师，生一个男孩。

可是，我没有勇气。

收起自己淹住心的泪水，再次打算回病房，我却意外看见了那个男孩正在电梯口和一个上了年纪的女士说话："阿姨，你想开些，子宫癌切除了就不怕了，如果早两年发现就好了。"

糖 豆

被铜臭味熏了的人，眼里只剩下钱和利益，哪里还顾得了亲情，但也有糖豆这种不被利益驱动的孩子，她是不是很可爱呢？

糖豆是权老的保健医生。

权老说："糖豆，这幅画送给你吧，这是我这么多年留下的精品之一，你将来有了特别大的困难再拿出来吧！"

糖豆的父亲病故了，母亲改嫁，糖豆只上了个大专，不过，她勤奋，考了个职业医师证，她还在努力地学习着，权老知道，糖豆以后找工作，可能用得着他的画。

糖豆不接，权老执意要给。

第四章 聚焦爱心路

权老知道糖豆的顾虑,他说:"你是怕以后说不清吗?我给你写个授权书,你拥有此画的所有权,你有权处理此画的去留。"

糖豆还是不接,她说:"权老,无功不受禄,我知道,您的一幅画市场价至少值八万到十万元。"

权老依旧坚持,权老说:"这么多年,幸亏有你照顾我,我那几个孩子,连面都不闪,在他们眼里,我就是个赚钱的工具。"

权老说得激动了,咳嗽声不断,捂着胸口,脸憋得通红。他知道自己这次凶多吉少。身体是自己的,哪个零件该维修了,该更换了,他这几年心里明镜似的。可这次,他感觉不一样。

糖豆怕权老生气,她接过画,随手放在了抽屉里。

权老住进了医院,心肌缺血,昏迷了。

权老的两个儿子,回来在家里乱翻,最后,在糖豆的抽屉里找到了这幅画,他们俩竟然为了这幅画大打出手,都说应当归自己所有。

权老这两年手不停地颤抖,他几乎都不作画了。儿子们见没有油水捞了,出现在家里的概率就更少了。

他们头上手上都包着纱布,最后闹到医院里来了。

权老刚从昏迷中醒过来,听见病房外的吵闹声,正欲问,两个儿子推门进来说:"爸,这幅画怎么就给她了呢?这可是您留下来的财产,值几十万元呢。"

权老气得直发抖,又一次晕了过去。

糖豆叫来了医生,两个儿子还在病房外争论不休。

爱情锁

老大说:"糖豆,平日里见你乖巧,原来是装出来的,狐狸尾巴终于露出来了吧?"

老二批评她:"糖豆,我爸可是八十多岁的老头了,也快没几天了,你可想好了。"糖豆的泪水汩汩往下流,她跑回家,取出了权老的授权书。

两个儿子以为老头子这次可能下不了病床了,谁知,权老竟然好了。

那日,他把两个儿子叫到跟前说:"画儿给你们也行,但那幅画得盖两个闲章才完美,才能卖个大价钱,我再给你们写个凭据,日后画卖了钱,你们俩一人一半。八年了,糖豆精心照顾我的健康,多少次,我差点一口气上不来憋死,醒不过来,你们俩,没钱了就来要钱,平日里不闻不问,我为什么就不能送她一幅画呢?"

两个儿子都说:"我们都忙啊,再说,你给糖豆开工资了。"

"忙?一个忙酒桌上的应酬,记得去年,糖豆回老家了,她奶奶住院了,回去了几天,我的病犯了,没人给一口水喝,打电话给老大,你醉得一塌糊涂。我说,我是你爸,你在电话里说,我才是你爸呢。

老二,你也忙得很,你忙着陪媳妇购物,商场离咱家不过百米,你的车滑过你爸面前,你都没停一下。"

两个儿子低下头,没人争辩一句。

老头拿出打火机,等儿子们看见,那幅画已成灰烬了。

"爸,那可是几十万元哪?"

权老苦笑一声说:"要钱何用?"

➡ 第四章　聚焦爱心路

朝圣者

中国有句古语：危难之时见真情，对生命的敬畏不光是嘴上说说而已，要体现在行动上，才能算得上一个真正的朝圣者。

我是个地理盲，经常辨不清方向，总是东南西北错位，很多次远行，我背着包茫然四顾，要么，打电话给爱人，我也经常成为他手中的遥控器，他摁哪个键，我走哪个方向。

这样的事儿发生过多次，所以，我虽然喜欢出行，方位感的缺失让我对出行远方心存疑虑。

对于西藏，一直以来，是好多人的梦想，也是我的梦想。不过，我总感觉这样的梦太遥远，不可能过早的实现。

有着背包走天下的志向，却少了这样的勇气。

就像陈坤所说的，突然就走到了西藏，这次去西藏，有太多的偶然。

教我写作的雪祺老师从当地约来几个朋友，想一起走317或者318国道，体验一下蜀道的艰险。大家一听这个计划，眼里都散发着兴奋的光芒。

九个人的临时小组，其中有一对夫妻，俩人都会开车。男的叫唐昊，是一家文化传媒公司的老总，我们都叫他唐总。

我和红红，红红是我的发小，她在医院工作，兼我们这个组的保健医生。

爱情锁

唐昊的两个朋友——一个叫陆明，市级重点中学的语文老师。一个叫夏江的导演，导过什么电影我没听说过，据说是一两部微电影吧。

还有雪老师写作的同行——诗人京立和日报的记者冯冬。

雪老师在临行前，给大家开了一个预备会，做了一个简要的分工，所有人 AA 制，每人先交 3000 元，后面不够了再交，钱统一交给我保管，因为两个车的耗油量不同，先预支一部分给京立老师，他负责另一辆车的加油过路费和大家的吃饭，我负责这辆车的加油过路费，以及景点的门票和住宿问题。红红负责大家的医疗保健。

雪老师强调，我们虽然是一个临时拼起来的"驴"行团，但大家一定要在保证生命安全的情况下，做到和睦，互助互利，前方的路到底是个什么情况，谁也不清楚。

夏导抢先发言，并信誓旦旦地说："雪老师，你放心，我们一定会做到团结一致，遇到任何困难都会不离不弃的。"

听了夏导的话，大家都感动的眼里涌起了泪花，似乎任何困难都不算个事儿。

每一个人都很赞同雪老师的话，大家都点头表示同意，商量的结果一致，走 318 国道，虽然难走，但景色却是几条线路里面最漂亮的。

我们一路从宝鸡杀到成都，经过雅安，一路说说笑笑，按计划有条不紊地进行着。

走到第三天傍晚，我们从康定打算去丹巴，据说那里有一个很有特色的藏寨。

第四章 聚焦爱心路

可谁知,已经晚上十一点钟了,我们的车还在路上颠簸,山道蜿蜒,如蛇般盘曲着,我们的左侧,紧靠着两三百米的绝壁,嶙峋的石壁上,透过车灯的光线,如同一只只猛兽,随着车的前进,朝我们扑来。右侧是悬崖,滔滔的怒江在夜的寂静中更为浩瀚。

起初大家都兴奋地唱着歌,两辆车的人,都互相用微信询问着对方,走到哪里了?还有多少距离。

对前路的未知,让大家都觉得茫然。夏导开始躁动,他的态度让大家都惶恐不安了。

此时,却听见了车顶被打得噼里啪啦直响,没有退路,只能快速通过了。

大家都屏住呼吸,车内静悄悄地没有一个人说话。车窗外依旧是江水的怒吼和黑峻峻的群山。

清晨对青藏高原的清冽和高旷之感,全然变成了夜晚的陌生和敬畏。

越是不知道未来有多远,唐总越显得沉稳而老练,他的驾车技术好,很快把后面的车子丢出了好远。

唐总的妻子很生气,说,晚上驾车太快很危险,俩人还发生了一些口角。

唐总一意孤行,车行了大概一个多小时后,所有人都发现手机没有任何信号,另一辆车没有跟上来。

终于,到了丹巴县城,我们找好宾馆,联系后面的车,他们一直都无法接通。

大家都在宾馆里,坐卧不安,所有的手机都挨个打,终于

爱情锁

联系到他们了。见到我们,他们四个人都神情恍惚,一脸风霜。

陆明突然间扑上来,一把抱着唐总哭得稀里哗啦的。然后,京立挨个拥抱了一下每个人,我们都面面相觑,不知道发生了什么。

问明情况,夏导才说,走着走着,我们的车就不见了,突然走到一个转弯处,他们都看见前面有一辆车坠下了山崖,几个人开始拨打我们的手机,所有的人都联系不上,手机都没有信号。

他们四个人就站在悬崖边上,大声呼喊我们的名字,可是,眼前漆黑一团,什么也看不见,怒江的吼声,盖过他们的声音,他们只有顺着路一直往前开。京立和陆明最先哭了,车里四个人都挂满了泪水。

不知是被我们团队的精诚合作感动了,还是被那种对生命的敬畏感动了,我们都悄悄地抹着眼泪。

一挨枕头,我就进入了梦乡,好久都没有睡过这么一个踏实的觉了。

凌晨五点钟,被鸟儿的鸣叫声叫醒了。

从宾馆的窗口看出去,才发现脚下是湍流不息的怒江,对面是坐落在半山腰的藏寨,在葱茏的林间招展着,大家都松了一口气,都觉得昨晚的奔波没有被辜负。

吃过早饭后,又奔向了下一个目的地,谁知,中午十二点多,车被堵在了半道上,说是前面塌方,清障车在紧急作业,面前是看不见的车流,至于有多少辆,根本数不清,什么时候开通,没有人知道。

第四章 聚焦爱心路

大家拿出了备好的压缩饼干和方便面,红红嚼了几口方便面,去后备箱的水壶里倒水,谁知,水没了。

京立老师说,我们车里水壶有水。

刚好,夏导正在倒开水泡方便面,红红欣喜地走过去,打算去倒点开水,夏导却说,没水了。

失望而归,红红也没有想太多。

大概两点多钟的时候,路通了。唐总的妻子悄悄告诉红红说,那个水壶里明明还有水,后来,她亲眼看见夏导还倒了两杯的。

如果没有知道真相还好,知道真相后,红红心里很不是滋味。

她说:"昨晚还被他们感动了呢?今天就又这样自私了。"

我轻轻地安慰她说:"没事,每个人心里都住着一个魔鬼和一个天使,只不过,今天魔鬼占了上风。"

突然,后车里传来了呼救声,说夏导高原反应了,需要马上吸氧。

车停在了半路上,所有的人下车,听红红的安排,在这一方面,她最有发言权。

我们将夏导平放在车的后排,红红给她测了血压,好家伙,他的血压达到168,几乎快要临近最高点了。

大家把备用的氧气瓶给他拿过来,吸氧,喂药,整个过程紧张而又无私。

过了大概半个多小时,夏导的脸色恢复正常了,红红的衣衫都湿透了。

爱情锁

我问红红："救他的时候，你是怎么想的？他先前那么对你。"

红红很真诚地回答："真的没想太多，只想着救人要紧，甭管他是谁了。"

我微笑着伸出大拇指，说："有你这样的朋友，值了，你才是真正的朝圣者。"

让我握握你的手

赠人玫瑰，手有余香。伸出你的手，给需要帮助的人，你会得到意想不到的快乐。

同事小罗两只手紧张地揉搓着对我说："张姐，对不起，刚才少收了五十六块钱。"

"怎么会这样？调监控吧！"

"不用调了，是我少收了。"小罗急忙承认了自己的错误。

"你这么聪明的一个人，怎么会算错呢？按规定，从工资里扣吧！谁的错误谁买单。"我在自己的笔记本上，给小罗记下了这一笔。

然后，气急败坏地对其余三个人警告，以后记住，无论什么时候，都要保持清醒的头脑，坚决杜绝这种情况再发生。不然，这个店会亏得找不到北的。

第四章 聚焦爱心路

说亏本那是假的,只不过少了一些利润而已。

大家都没有任何异议,点头表示服从。

记者小柔的电话是这时候打来的,她约我去美甲。

见到小柔,我脸上的怒容还没有散去。小柔安慰我说:"我以为是什么大不了的事情呢?那点钱,对于你们这些商人,算九牛一毛了吧?"

"你说得轻巧,要养活五个人,每年还要上交公司五万元钱承包费。"我抱怨着和她一起做完了美甲。

小柔说:"我下午有个采访,要不,你也一起去吧?"

她去那所偏远的山区小学采访全省师德教育标兵的。采访车一路颠簸,人如同筛糠一般被左摇右晃。司机感慨地说:"你们女士们还变着法儿买什么减肥按摩器啊,这才是天然的按摩器,有空到这里来,保管你不知不觉瘦个十多斤。"

经过两个小时的艰难跋涉,终于走进了这所地处深山坳的学校。正逢下课铃声响起,学生们一窝蜂般涌出了低矮的教室。

一排排青砖旧瓦房在冬日惨淡的阳光下愈加破败,有些窗户上缺了玻璃,糊上了旧报纸,或者一些孩子们用过的作业纸,北风呼呼地刮起,击打着那些窗户,发出了呜呜的哨音。如同咳喘的老人,让人耳朵备受煎熬。

朋友此行的目的非常明确,他找到了在这个学校教了28年书的师德标兵,并和他深切交谈。而我,只是想出去透透气,借以呼吸新鲜的空气来缓解我的压力。

孩子们看见摄像机,呼啦啦涌出来抢镜头。当然,那个师德标兵这朵"红花"还需要孩子们这些"绿叶"来陪衬的。

爱情锁

然而,我的目光却被孩子们那一双双手定格了。那是怎样的一双手啊?一个小女孩,长得像猫一样可爱,她用衣袖揩掉悬在鼻尖那摇摇欲坠的清鼻涕,便笑着挤到了镜头前。我却心疼地握起她那双手,红红肿肿的一双手,皲裂的血口子,一点一点地渗出了黄色的黏液。

我忍不住流泪,抓住那双手说:"孩子,让我握握你的手。"

那个瘦小的女孩子,稀疏的黄头发,还微微带着点弯曲,她怯怯地想从我的手中挣脱,她大概被我突兀的举动吓着了。

孩子们见状,就有胆大的,将一双双手伸向了我,女孩子们说:"阿姨的手真白!""阿姨的指甲真漂亮!上面还有小花呢!"

我挨个握着孩子们的手,那一双双手,不同程度地冻伤了,但从他们欢快的表情中,我能感觉到,那是兴奋。

在握手的瞬间里,那一双双无言的眼神里,我读到了他们对外界的向往和渴望。

我握住的,不光是一双双稚嫩的手了,而是无语中所传递的爱和默契。我对孩子们承诺,阿姨把买减肥药的钱和美甲的钱,给你们每个人买一双手套,孩子们都笑了,那笑容好灿烂。

归途中,我对朋友说:"师德标兵重要,孩子们更重要,对吧?"朋友无语。

我们都陷入了深深的沉思,那一双双手还有小罗那双手在我眼前交替闪过。

到店里,我悄悄打开了监控视频,我发现,小罗经手的那笔买卖,买种子的老头腰身佝偻,动作迟缓,满脸皱褶,眼神

第四章　聚焦爱心路

如一汪混浊的池水，空荡荡的。

他的手臂粗黑，如一截被废弃的干木材，手指伸出来，像鹰爪一样。

老头衣衫褴褛，开春时节，脚趾露在了外面。

小罗起先皱了一下眉头，随即又笑着，温和地从柜台里拿出两袋玉米种子递给了他。

老头也许是忘记了，他拿着种子直接走出了店门。

小罗张了张嘴，想叫住他，随后又没有发声。

过了一会儿，老头又回来了，他站在门口仔细寻找了一会儿，可能他认出了小罗，径直走到小罗跟前，没有说话，拿出了一张一百元给小罗。

小罗欣喜地笑着，摆了摆手说，大爷，您已经付过钱了。这个钱，您拿着，出去先吃碗热乎饭吧。

老头依旧没说话，他再一次执着地给钱，小罗最终还是拒绝了。

"你压根就没想收钱，对吧？"事后我问小罗。

小罗低着头说："被你看穿啦！"

我紧紧地握着她冰凉的手说："这一笔，算我的！"

小罗疑惑地说："这，这怎么可以？是什么让你改变决定的？"

我笑笑说："手！懂吗？"

小罗搓了搓手，摇了摇头，我微笑说："别想多了，我去买手套了，答应孩子们的，不能食言。"

爱情锁

老江，你好

生活中每个人都有心酸和无奈的事，看看老江这心酸，如果你有同老江儿子一样的孩子？你会怎么想？

天涯海角洗浴中心位于城北角上，并不起眼，用一般人的眼光来看，这里偏僻，生意不会太好。可没过五年，一座五层的洗浴中心高高矗立在人们面前的时候，不但戳红了好多人的眼，也戳疼了他们的心。

老江也是这些人当中的一个，但老江既不愤青，也不嫉妒，老江在心里打他的如意小算盘，老江看到了"商机"。

老江看到洗浴中心门口，贴着一张招聘广告，要一名"搓澡工"。老江就心动了，心动了老江也就行动了。

老江的手背在身后，慢腾腾，步伐却坚实有力。老江见吧台后的姑娘正在对着镜子画眉毛，老江故意咳嗽了几声，姑娘把镜子拿开，笑眯眯地说："大爷，您是足疗还是按摩呀？"

老江嘿嘿笑着说："按摩呀，这个我可没钱。"姑娘的脸便拉了下来，脸色由晴转阴了，她以为碰上那些无聊闲转悠的人了，她重新拿起镜子打算继续化妆。

老江急忙说："我是来应聘搓澡工的。"

"应聘？"姑娘的嘴张得老大，她从上到下打量了老江一番，摇了摇头。

第四章 聚焦爱心路

"大爷,就您这身板,还能搓澡?"姑娘明显不相信。

老江说:"我知道姑娘嫌我瘦小,你可知道,我当年可是能扛起一百多斤的大铁疙瘩,机械厂的钳工,让你们掌事的来。"

姑娘对着里间喊了一句:"张总,有人找。"

一个穿夹克衫的中年男子,从里间叼着烟出来了。姑娘说:"张总,他来应聘搓澡工。"中年男人上下打量了老江一下,说:"搓澡可是个大体力活儿,你扛得住吗?"

老江说:"没问题,我以前是钳工,下岗了,干过的活儿多了,一百八十斤的麻袋都扛过。"

张总说:"那行,先试用三天,如果不行,你自己走人。明天起就可以上班了。"

前任搓澡工老王老伴儿生病了,他得回家照顾。

张总这两天正着急,死马当活马医吧,看看,说不定,这个老头,看着瘦得前胸贴着后背,看样子却是以前干过大力气活的人。谁说力气大非得是胖人呢?

老江在试用期间,口碑还不错,张总很爽快地留下了老江。老江在洗浴中心一干就是三年,那些老客户一来,只一句,老江。

这样,老江的收入也很高,老江每天收工的时候,看着那一张张绿色的牌儿,就高兴,每一张牌儿收入五元,老江就有三元的提成。一个月下来,老江也能收入两千多元。

按理说,老江也到了享清福的年纪了,儿子大学已经毕业了,找的工作也不错,在一家热力公司跑业务,据说还当上了销售经理。每月的收入很可观,但儿子也不常回家,他说上班不方便,要搬出去,老江把当年买断工龄的钱和所有的积蓄给

爱情锁

儿子付了首付，儿子就不回家了。

　　细算起来，老江也有小半年没见儿子了吧。一想到儿子，老江的干劲儿十足啊，他在没人的时候，看着收银台上的小青就说："小青，还没对象吧？"小青撇撇嘴说："老江，又想给你儿子介绍对象了吧？"老江就笑。

　　儿子刚上大学那年，妻子突发脑梗，好不容易把命捡了回来，老江却下岗了，没办法，老江就到处打零工，在建筑工地当小工，给粮库里扛过麻袋，总之，别人不愿意干的吃力活儿，老江都干。

　　那天，浴室里水雾弥漫，一团壮硕的白肉朝老江走了过来，这个白胖的年轻男子，挺着啤酒肚，任由老江在背上狠搓着，白胖的背上，涌起了一道又一道红印子，老江就问，您觉得这力道如何呢？

　　这个胖子哼哼唧唧很享受。

　　搓完澡，老江走到换衣间，打算穿衣服，今天的客人不是太多，胖子也从里间摇摇晃晃地出来了，有一个男子从外边递过来一条新毛巾，边说："三楼那边还有人在等着咱们呢。"

　　可谁知，老江转身的时候，却愣住了，那个帮胖子穿衣服的青年男子，竟然是自己的儿子。

　　老江刚打算说话，那边儿子却说了："噢，老江，你好，好几年不见，在这还好吧？我爸前两天还念叨你呢？"没等老江答话，他指着老江给胖子说，我们以前的老邻居，也姓江。老江感觉自己的脊背嗖嗖地冒着冷气，他打算从喉咙底"嗯"一声，可咽喉不知道被什么东西堵住了。

第四章　聚焦爱心路

第三只眼

眼睛是用来看世界的，但好多人都得了眼盲症。只要心底善良，哪怕是一个疯子，也配拥有第三只眼。

深秋的陇镇，有一点过早地进入了冬季的感觉，清凛凛的风，无情地吹打着偶你还留恋着树枝的一些枯叶。

我没有躲藏，在大风中拉开了架势，唱起了秦腔《斩单童》中的那句"呼喊一声绑帐外，不由得豪杰笑开怀……"路人都在往家返，没有人在意我的表演。

我从来不在意他们是不是我的观众，我只记得我在唱。我边唱边表演来到陇镇胡同的古井边，静静地盘腿打坐。

我最担心的是那口老井，怕它被那些污浊的东西入侵了。虽然现在家家都用上了自来水，可那口老井，依然有人在用，那个人就是我。

在陇镇这个地方，没有多少人搭理我，我被人称为罗疯子，我最怕人叫我罗疯子，可他们都在叫，我也没有办法。

我最喜欢陇镇的那口老井，那是我的第三只眼睛。我的眼睛非常雪亮，我能看到许多人看不到的地方，我爱着那口井，爱着我的第三只眼。

我将双手操在袖筒里，将自己早已露出破棉絮的旧袄子裹了裹，可风还是会从那些破洞里钻了进来。雨也从我的脖颈中

爱情锁

滴进来。我缩了缩脖子，向房檐里靠了靠。那只捡来的破帽子，挡不住风雨对我的侵袭。

房主的门"吱呀"响了一声，一个十六七岁的姑娘，撑一把蓝色的伞走了出来。后面跟着一个五十多岁的老婆子，老太婆矮胖的身材，腰围像木桶一样，能够分我两个，她走起路来都胖得喘气儿。看见她，我就想起农村装粮食用的麻袋，就像她那样的，总是装的满满当当，随时都有装不下的可能。

小姑娘转身朝老太婆挥了挥手说："姥姥，再见。"老太婆幸福地答应着。她就是丁婆婆的外孙女，陇镇中学学生丁小婉。

可在陇镇，我最感激的，就是这个老太婆了。她这人就是个刀子嘴豆腐心，心实在是好。

丁婆婆目送着孙女走出了一段路，看到了她家屋檐下冻得瑟瑟发抖的我，摇了摇头，回头去屋子里拿出了一块馍，塞到我手里说，快吃吧。

我接过丁婆婆手中的白馍，眼睛瞅着丁小婉的屁股，急匆匆跟在了丁小婉的身后，我要保护她，我知道她要去干吗。

丁小婉刚走到麦草垛旁边，就被一个小伙子一把抱住，我从后面拿起一个棍子，照着那个小伙子的腿上打去，我的棍子还没有落下，他对我一顿拳打脚踢，我鼻青脸肿地趴在地上，白馍在地上滚出了老远。

我抚摸着被他打伤的青紫色伤疤，吐一口唾沫来缓解疼痛。在陇镇人眼中，我是感觉不到疼痛的。

丁小婉第二天见了我，远远地像躲瘟疫一样。

丁婆婆依旧给我一块馒头，我自语道，上当了，上当了。

第四章 聚焦爱心路

丁婆婆摇摇头说,这天变了,罗疯子的病又加重了。

丁小婉遇到的是一个外地的养蛇人,我听见他对丁小婉说,等你高中毕业后,我给你在城里买个大房子,咱们就结婚。

前天,我见到一个女人领着两个孩子出现在养蛇人的家里,我不敢进去,我怕他放蛇咬我。

我偷偷地跟在了丁小婉的身后,注视着这个孩子的一举一动,我也是有良心的,她姥姥对我那么好,我怕这个孩子犯傻啊。

我知道,丁小婉今天看见了那个养蛇人的妻子和孩子了,我怕她想不开。

今晚的月亮很圆,月辉比井里的水还清凉。丁小婉站在井台边,抬头看了看月亮,又低头看着井水里的自己。她坐在井边哭了好一阵子。

丁小婉准备往下跳的时候,我一把扑过去,抱住了她。

丁小婉大哭着,你放开我,你为什么要救我,他为什么要骗我,他是有老婆的,怎么没人告诉我?

我没有松手,等到丁小婉平静了下来。我抱着丁小婉,却被陇镇的人看见了,他们喊来了人,拿着棍子打我,又一次对我拳打脚踢,我的腰都快被打断了。

养蛇人带着妻子孩子,一夜之间在陇镇消失了。

丁小婉在家里昏睡了两天,又去学校上学了。

丁婆婆给了我一个馒头,在我耳边唠叨着,我知道是你救了小婉,陇镇人都误会你了,可这个罪你得替娃顶着啊。

后来,我依然在陇镇街上晃荡着,我的头上沾满了麦草,我每天都去那口老井边,我对着老井唱秦腔,我自言自语,我

爱情锁

觉得那是我的眼睛,它清亮透明,没有一丝杂质,就像一个刚刚出生的婴儿一样清纯,我飞奔向小镇大喊,我爱我的第三只眼睛。

陇镇的人都说:罗疯子最近又疯的厉害了,怕是天气又要变化了吧。

最后一头驴

工业化进程的加快,故土难离的老一辈,如何割舍下他们曾经耕作的土地和像朋友一样的驴子呢?

爷爷进城时,非要带着大黑。

大黑是爷爷养的那头驴,长得灰不溜秋的。

据说爷爷临行前,一宿没睡,一会儿跟大黑说话,一会儿去给槽里添上料,爷爷给大黑梳理身上的毛,一梳子紧挨着一梳子,那神情,有点像离别亲人。

自从去年建工业园区,我们家那半亩自留地,就已经上缴村里了,全村家家户户都是这样的,他们承诺每家重要的劳力到工业园区工作,还答应给每户土地赔偿款。

那块地确实荒了。蒿草已经长得一人多高了,一个劲儿疯长。

爷爷每天看着那块地就说:"真遭罪,遭个年谨咋办呀!"

第四章 聚焦爱心路

第二天，我刚一上班，领导就派了活儿，让我跟随乡企局下乡采访，地点就是我们老家那个地方，说是工业园区近日和投资方谈合同以及赔偿金的问题。

采访车刚走到村口，老远就被一群人团团围住，我带着摄像机下了车，跟随着司机小刘去察看情况。

大牛拍了拍我的肩膀说："朱名记，你可要为我们作主啊，前年的土地赔偿款还没有兑现呢！"

大牛是我小学时的同桌，从小，我没少吃大牛家的饭。他当我也如同自家兄弟一般亲热。

我一下子来了兴趣，惊奇地问："怎么会有这等事啊？"

大牛说："当时说好一亩地给三万块，结果，到群众手里，只留下一万块，到现在也没个说法，你是记者，你来给我们评评这个理儿。"

王局长一看群众架势不对，坐在车里没下来，为了稳住大牛，我说："大牛，你这事儿我了解了，等我把这事儿给领导汇报一下，再调查一下，我给你回话。"

大牛是个直脾气，他一甩胳膊，大手一挥说："不要给我们来缓兵之计，你这招，我们见得多了，领导说商量研究，到头来，研究了三年，也没给我们一个答复，如果我们拿不到赔偿款，这次的地，你们也不要想了。"

我赶紧给大牛递了一支烟，我说："牛哥，你听我说，咱兄弟俩可是一个被窝里爬出来的，咱就打开天窗说亮话吧，土地赔偿金的事儿，不是乡企局的事儿，据说局里把钱给村上了，村上用这个钱盖了几十个塌方的大棚，到现在也没投入使用，

爱情锁

这事你们是知道的。你截住我们还是不能解决问题啊。"

大牛猛吸了一口烟,说:"那你说,到底怎么办呢?"听大牛的口气,明显软了下来。

一伙人吵吵嚷嚷着,局面失去了控制,一时陷入了僵局。一个小时,两个小时过去了。在这样的大太阳下,双方都失去了耐心。

正在这时,父亲打来电话说,爷爷不见了,大黑也不知去向了。

全家上上下下乱成了一锅粥,抱着电话挨个打,七大姑八大姨的家,都没有爷爷的任何消息。

爸爸更是慌了手脚,他不住地自责着说,爷爷在城里不熟悉,这万一有个三长两短,是他这个当儿子的太不孝了。

我在一个交警朋友那里打听到了爷爷的下落,爷爷被城管带走了。

城管局的办公室里,爷爷低着头坐着,一副茫然的样子。

大黑被拴在城管局院子里的那棵杨树上。

我刚一进大门,城管局的李副局长,笑着迎了出来,他说:"大记者,今天什么风把您给吹来了,还带了摄像机。"

我一脸不爽地说:"这不,我爷爷被您扣在这儿了,我还想问一下您,他老人家这是犯了什么罪?"

李副局长一拍桌子,对着手下喊了一句说:"这些人呀,真不会办事儿,我就说吗,这老爷爷怎么这么面熟呢,原来是爷爷啊!"他上前亲热地拉起爷爷的手,一口一个爷爷,叫得比我还亲。

我爷爷平白无故的又多出来一个孙子,他老人家也被眼前

第四章 聚焦爱心路

的场景给搞懵了。

我问李副局长:"我说你看得多少钱我才能把我爷爷领走呢?"

李副局长赔着笑脸说:"看你大记者说的,是手下人办事不力,让爷爷受惊了,是这样。今晚我作东,给爷爷压压惊。"他转身训斥一个叫金声的下属,把爷爷给放了。

出了城管局,我问爷爷,这到底怎么回事啊?

爷爷这才讲了,村里的万成爷给他打了个电话,说驴这两天可能受了点风寒,爷爷就着急上火地拉着驴到兽医站给驴看病去。

驴刚一进兽医站的大门,就仰起头,扯着脖子大声地长嘶着。结果把几个正做美容的小狗给吓得汪汪乱叫,兽医站的医生,一见爷爷拉着的驴说,到别的地儿去看,我们这儿现在是宠物医院了。

"宠物医院?"爷爷显然迷糊了。

爷爷一听嘿嘿乐了,他说了,这兽医站变成宠物医院,也不还是给动物治病吗?你全当我这是个宠物。

医生也乐了,说:"我没见过这么大个的宠物,你还是到别处去看好了。"

爷爷说:"那这驴到哪里看病呢?"那医生显然也是为了早早地打发掉爷爷,说了句:"去县中心医院,那里医生多。"爷爷就拉着驴,去县医院。兽医站在城外,县医院在街道最中心一条街道,对面就是县政府。

爷爷拉着驴走了几步,穿藏蓝制服的小伙子就拦住了他的去路,小伙子说要罚款五十元,爷爷没有理小伙子,爷爷说了,

爱情锁

我走我自己的路，碍你什么事了，还要罚款。

小伙子拦着驴不让走，驴又撒了一大泡尿，紧接着又拉了一大堆屎，小伙子一看傻眼了，现在正创建国家级卫生县城，这驴竟然在严管一条街上拉屎，小伙子拽着驴缰绳，坚决不让走，他和爷爷争夺缰绳。

小伙子说，罚一百元，爷爷一句话，没钱。他只好将爷爷和驴一起带到了城管局。

我劝爷爷说，我有一个朋友，在关山牧场养马，干脆把咱家驴寄养到那里去吧。

爷爷只得让我把驴带走了，临走时，爷爷从随身的包里掏出一些黑豆说，给驴喂上啊。

我嘴里答应着，顺手拨通了另一个朋友的电话，他的驴肉火锅店生意正红火，据说，已经好几年没有现成的驴了。朋友听了我的话，笑声差点震破了我的耳膜。

两个月后，那批款终于被协调解决了。

那一片曾经肥沃的土地，现在仍然是一片荒草凄凄的景象，据说，有一个宏伟的工业园区正在规划设计当中。

我的世界猫不懂

动物是人类的朋友，这种叶公好龙式的喜爱，是真情还是假意啊？

第四章 聚焦爱心路

我对猫的喜爱，让儿子几乎都吃醋了。

不信你瞧，我的手机屏保、电脑屏幕、墙画、书桌上、家里的窗帘、壁纸，就连沙发抱枕也是猫的图案。各种姿态的猫，家里几乎都成了猫的世界，老公笑称家为猫窝。

儿子戏谑我为"猫妈妈"。这小子，是为了诋毁老妈呢？还是把自己比喻成一只小猫呢？

小时候，对猫的喜爱是发自内心的爱，那时候，村里边粮食多，家里老鼠特别多，猫的主要任务就是抓老鼠，还别说，猫儿们都尽职尽责，一抓一个准。

记得家里养的那只小黄猫，长得可漂亮了。那是姑婆家送的，当时，我拿着一个篮子，把它放在篮子里带回家的，为了不让别的猫把它拐走，我央求奶奶给它做了一条红布项圈，这一戴上它，就更加威风可爱了。

晚上，奶奶让猫去抓老鼠，省得老鼠糟蹋粮食，我心疼猫，经常半夜把它抱进我的被窝，它柔软的毛，贴在我的脚上，既舒服又暖和。

那时候，我和奶奶睡在土炕上，半夜，我总会给猫儿留一席之地，猫也会意，偷偷地溜进我的被窝，在我怀里打呼噜，只要猫在我身边，我的梦都是香甜的。

这只猫也勤快，抓老鼠的技术也不错，有一次，它抓住了一只个头比自己小不了多少的老鼠，它还不害怕，悄悄地也不显摆，在角落里弄死这只老鼠之后，吃了一半，把剩下的送给了邻居的小猫。

每次，它抓完老鼠，我都会给它洗个澡，然后抱在太阳处

爱情锁

晒半天。

自从奶奶发现猫偷偷地睡在我的被窝里，她老人家不乐意了，晚上，只要猫轻轻的一上炕，她就把猫赶走了。

为这事，我经常和奶奶打游击战，等她睡着了，我才让猫钻我被窝。

白天，我做作业的时候，猫儿就卧在我的书桌上，呼噜呼噜打着盹儿，我经常抱着它，将脸贴在它的身上，好舒服，一玩就忘记做作业，为此还挨过妈妈多次训呢。

这只猫却出了意外，那天晚上，它去抓老鼠了，一整晚都没有来找我，我就奇怪了。

第二天早晨，我在墙角发现了它，它倒在墙角，直挺挺的，它已经死了。妈妈说，是被老鼠药给害死的。

我当时哭得稀里哗啦，我把猫埋在了房后面那棵老核桃树底下，还用一块小木板给它立了小墓碑，写上：黄猫点点之墓。那时候，我才八岁。

一段时期，半夜只要听见猫叫，我都会从被窝里坐起来，到处寻找它的身影。后来，爸爸为了安慰我，又买了一只黑色的猫。黑猫也一直和我形影不离，再后来，我去外地上学了，那只黑猫也无疾而终了。

可是，对猫的喜爱一直未减。

这不，我又穿上了那件印着猫图案的大衣，去见我的闺蜜——丫丫。

丫丫是我的发小，我俩有个共同的爱好，都喜欢猫。

丫丫给我发了好多猫儿的图案，让我过去欣赏。

第四章　聚焦爱心路

我拿着手机,前往丫丫家。

我敲了敲门,没人答应,门"吱呀"一声却开了。这家伙,给我留着门都不说一声。

听到门响声,一只猫"嗖"一下从我脚下蹿了过去,跑到远处,呆呆地望着我。

不到一会儿,有两三只猫从里屋出来了,紧跟着丫丫怀里抱着一只灰色的猫,跑到我跟前,把它塞到我怀里,说:"试着抱抱。"

不知道为什么,刚一摸到猫柔软的毛,我吓得跳了起来,"啊!"的一声尖叫,那只猫被我扔在了地上,茫然地望着我。

丫丫奇怪地望着我说:"你不是说你喜欢猫吗?这又是怎么呢?"

我也奇怪了,我说:"我以前是挺喜欢猫的呀?而且我一直都喜欢猫。"

丫丫不满地说:"这样看来,你只喜欢猫的图片而已。"

心有千千结

只要坚持自己喜欢的东西,哪怕再大的困难,也难不倒这位趟古道的蒋毛毛吧!

"蒋毛毛,你去和你的电脑过日子去吧!"蒋毛毛的媳妇

爱情锁

把他的铺盖卷儿扔出了门外。

"媳妇,开开门,我给你解释一下。"里面没有人回应。

蒋毛毛拾起铺盖卷儿,他重新回到办公室,在沙发上凑合了一夜,为了不让同事们发觉他在办公室过夜,他在天亮前把被褥藏进了档案室的一个柜子里。

可偏偏领导需要查阅一个文件,柜子拉开的瞬间,枕头被子滚落了一地,吓了领导一跳。

蒋毛毛不住地道歉,领导语重心长地说:"毛毛啊,写作固然很好,但是,不能影响正常的工作,工作和生活同样重要。"

蒋毛毛只好在郊外租了一间房子,终于等到学校放假了,蒋毛毛决定继续去采风。

他根据历史资料绘出了古道上的路线图,从大学的假期开始,他就已经趟古道了。

一个假期走一个地方,到地儿了,就找一老乡家,掏点生活费,过最朴素的日子,老乡家吃啥,喝啥,他一一尝试,为了最地道的采访。

和老乡熟悉了,老乡便开始讲村子里的新鲜事,以及老辈人的故事。

闲了,他就坐下来,跟村子里的老爷爷老奶奶聊天,有时候,帮老乡去砍柴,背着背篓挖野菜,挖药材。就为了体验最真实的生活,老乡们不光讲故事,家长里短的,什么都说,一不小心拽出他的灵感了,他就悄悄记心里了,晚上,整理资料,写文章。

第二年假期,顺着再走下一个点。

第四章 聚焦爱心路

一个假期要走两三个村子,有一次,去下一个村子,两个村子相距太远,他走了一整天都没有走到。

夜里,月亮已经挂上树梢了,前面是一大片树林,只有一条羊肠小道,他不敢往前走了,用随身背包里的长绳子把自己捆在树杈上,大家都奇怪,为什么要在树上。

他说,怕森林里的蛇、狼、山猪等发现自己,在树上安全。用绳子捆住怕掉下来。

刚开始不懂,见地上草茂盛,怕有蛇钻出来,找了一棵不太高的树栖息在上面,结果,半夜睡着了,从树上掉了下来,幸好,底下是一大片蒿草,才不至于命丧黄泉。

第二天继续赶路。前面路上有一截褐色的"树枝",他没看清,结果,那树枝,突然"嗖"一下,往前蹿了出去,待他看清是一条大蟒蛇时,吓出一身冷汗,那蛇早已逃得无影踪了。

碰上一赶路的老乡,告诉他,要他抽点烟,蛇老远就能闻到烟味了,早早让开了路。

有一次,路遇三个当地老乡,经过询问,有一段路程同行。

他从兜里掏出烟给老乡点上,请求与他们同行,一个人太寂寞了。

领头的老乡答应了。但条件是,必须听他的。

走到一片开阔的草地,老乡说:"你走第一个。"

他也听话,路很崎岖,他走在前面,接着到了蚂蟥岭,老乡说:"你走第二个。"他就排在了第二个。结果。过了蚂蟥岭,他的身上沾满了蚂蟥。

他惊奇地发现,第一个人身上没有蚂蟥,第三第四个人身

爱情锁

上都没有蚂蟥，只有他的身上，被蚂蟥粘满了。

老乡用燃烧的烟头，一点点烧钻进肉里的蚂蟥屁股，蚂蟥才能乖乖出来。

排在最后的一个老乡，捅了捅他的胳膊，他借故去撒尿，老乡告诉他说，走第一道岭，是因为那边蛇多，才让你走第一个。

蚂蟥岭让你走第二个，是因为蚂蟥都是沾在草上的，第一个人走过去，把蚂蟥惊飞了，自然落到第二个人身上了。你赶紧走吧，不然，以后有你受的。

他恍然大悟，告别了那帮人，一个人继续走路。

从师范学院毕业后，回到了县上，他当了县中学的一名老师，每年假期，好多老师都忙着补课挣钱，他却继续采风，写作。

媳妇不愿意了，说："别的老师家都买大房子了，咱家还住这一室一厅。"他却很执着。

最后，他写了一本《古道》，一次出了三本系列，版税只挣了五千元，他很满足，说："只要能出版，钱算什么呢？"

媳妇听说他出书了，打电话让他滚回家，他乖乖回家了。

媳妇说："听说你出书挣钱了？"

"只有五千元。"

媳妇的脸立马耷拉了下来。

正在这时，影视公司的电话打来，要购买他的版权。

"呀，老公，你可真厉害，都能写电影啦！"媳妇夸张地在她脸盖了一个章。

他摩挲着自己的脸，好半天反应不过来。

第四章　聚焦爱心路

跳舞的影子

昔日的学霸，在不惑之年才结婚的玲玲，让我们想了很多。

同时，也让我们警醒自己，教育孩子，不光要让她学习好，更多的让她学到正确的做人处事的生活态度。

翻看朋友圈的新动态，突然间看到英子发的照片，文字：玲玲终于结婚了。

我自语：怎么这么快就结婚了呢？

儿子在一旁问："妈，谁结婚了？"

我头也没有抬地回答："我初中的女同学。"

"妈，你同学啊？那不是'齐天大剩'或者'剩斗士''了吧？怎么才结婚呢？'

这小子，总是不忘用他们的语言来损人。

我这个同学，也是无可奈何了。

玲玲是我和英子初中的同班同学，我们那届的校花，学霸。当年，她可是独领整个九三级风骚。任凭别人如何努力就是赶不上她的成绩。

玲玲那年以全校第一的高分被西安邮电学校录取了，那时候的农村娃，只要能考上中专，父母就相当的荣耀，而且相当于今后要告别面朝黄土背朝天的苦日子了。

玲玲的家人都特别的高兴。

爱情锁

可是，玲玲上中专的第四年，突然间患上了抑郁症，凌晨时分，从七楼的窗户往下跳的时候，被同宿舍的同学拦住，学校通知其家里人，让她休学。母亲就求学校，好歹剩一年多时间了，至少让她拿到毕业证。

学校也见她家里特别困难，就让母亲在学校打扫卫生，一边陪玲玲，一边供她上学。

终于毕业了，玲玲被分配到县电信局工作，刚开始，玲玲还能胜任一点工作。半年后，她的抑郁症复发了，工作时时不在状态，想什么时候来，就什么时候来，想什么时候走，谁也不敢拦她，领导也不能给她安排任何工作了。

就这样，时日久了，领导跟家长谈话了，让玲玲回家静养。

父母带她去医院就诊，医生给开了B超单子，前面排了一个孕妇，由于站时间久了，出去上了个卫生间，回来时，继续回到原位，玲玲不愿意了，责备孕妇加塞儿。医生过来调解，玲玲跟医生大吵了一架，手里的一杯水直接洒在医生的脸上，幸好水也不烫了。

医生建议她父亲带玲玲去精神病专科医院去。

她父母无奈，在精神病医院治疗了一个疗程，家里困难，从此没有能力再管她，任其自行发展了。

玲玲经常一个人在阳光下，对着自己的影子跳舞，她常说，看，影子在跳舞。

英子也是我的同学，她在县城医院口腔科当主任，医术也相当高。

无意间碰到一个和玲玲同村的病人，问其情况，那病人也

第四章 聚焦爱心路

悬乎，说，你的那个同学，快不行了。

英子便约了我们，去了玲玲家。

刚进院子，一个年轻的女子在打扫院子，英子问："这是玲玲家吗？"

年轻女子从喉间"嗯"了一声，脸拉得比驴脸还长。

她愤愤地用扫帚猛扫了一阵，扫起的尘渣溅了我们一身，我们进了玲玲和她父母住的那间房子，一股尿臊味儿迎面扑来，熏得人直犯恶心。

同行的燕子，没忍住，跑出房门外，蹲在院子吐了好大一阵子。

玲玲的父母也已经七十多岁了，她母亲得过脑出血，腿不是太利索。她不住地哭，说，你看，你们是同学，一个个都这么幸福，我们家玲玲这样，我们老两口将来过世了，她咋办呀？

我们从她口中得知，院中那个年轻女子，是玲玲的嫂子。

玲玲刚毕业的那阵子，有工资，嫂子对玲玲可好了。

可自从她得病后，嫂子便闹着分家了。现在几乎对他们不闻不问了。

玲玲睡在炕头，眼睛紧闭着，衣服上的尿渍泛出了白色的印迹。

我们问她：玲玲，还认识我们吗？

玲玲连眼睛都不睁，说话特别快，英子，燕子，格格。总之，她从声音中判断出二十多年的同学，让我们非常惊讶。

回来的路上，我们便商量，让英子建了一个同学群，由我执笔，写出了玲玲的实际情况，在群里募捐，多少不限，凭个

爱情锁

人实力。

呼啦啦不到一周时间，我们募捐了六千多元。

英子联系了宝鸡市精神病专科医院，把玲玲送到医院住了四十多天，出院后，她的生活基本能自理了。

在民政局工作的同学春生，给玲玲申请了低保，大家悬着的心终于放下了。

我们都希望，她的病再也不要犯了，平平静静度过一生足矣了。

过了半年，英子对我说："接到玲玲父亲的电话，有人给玲玲说媒，想把她嫁了。"

我的反应极其激烈，这怎么行？她从十几岁就得了这个病，自己的生活还没有整明白，又要嫁人，将来万一婚姻生活中的矛盾，又一次病发怎么办呢？

英子劝我，凡事都得往前看，往好处想，说不定会好很多呢？

我表明自己的观点，因为抑郁症，不能完全根治，不能受任何刺激，连天气的变化都可能会诱发。

也许是我太悲观了，英子再也不征求我的意见了。

后来，听说，玲玲嫁到偏僻山村，老公是个老实的农民，常年在外打工。

玲玲的哥嫂收了十多万元彩礼，见到了我们的同学，几乎比亲人还亲了。

我默默地祈祷，但愿，阳光下，不再是她一个人的舞蹈了。

第四章　聚焦爱心路

偶　遇

珍惜生命，珍惜身边的每一个人，且行且珍惜吧！

有些人，有些事，即使曾经深深爱恋，也会在时间的流逝中，渐渐淡出我们的视线和记忆。

有时候，不经意地一次相遇，也会在好几个月后，甚至于好几年，突然间一个陌生的身影在我脑海里一点点清晰，在我们的心灵底片中显现。

有时候，陌生人更容易交流。平日积郁的太多压抑，有时会在陌生人面前更放松。

六月去河南新乡开笔会，从宝鸡坐上火车，车厢里非常热。我对面座位上，睡着一个女孩，她不住地咳嗽。好几次忍不住递过一瓶水，女孩很客气地坐起来拒绝，她还是不住地咳嗽。

随着人流的增加，车厢内的燥热又一次袭来，女孩穿厚厚的毛衣，当然，好奇归好奇，我还是忍不住关心一下她，在旅途中，遇到她，也算是一种缘分吧，女孩忽闪的大眼睛，滚豆般滴下了泪水。我有些不知所措了，也不知道自己哪句话撞疼了女孩的心。

交谈中得知，女孩是河北保定人，某大学二年级学生，一个人周游，最后一站去了甘肃敦煌。她说，坐在香音女神的壁画前，感受飞天女菩萨身披绵长的飘带，优美轻盈的身躯漫天

爱情锁

飞舞的情景，她自己早已麻木的心也开始苏醒。

我问她："你醒过来了？"

她嘴角掠过一丝苦笑说："只可惜是早晨一滴露珠，见不得几丝阳光了。"我惊愕地睁大了眼睛。

小小年纪何出此言，大姐我如今已过了而立之年，生活在底层，依然在打拼，依然没有忘记，自己心灵的追求。而你，风华正茂，何苦如此悲观。

正说话间，车到郑州站，一下子涌上来好多人，车厢里一阵拥挤和骚乱。一个年轻的孕妇坐在了我旁边。我挪了一下位置，给她腾出了靠窗户的位置。

同为女人，也是母亲，我理解做个好母亲非常的不容易，更何况一个带着七个月身孕的母亲挤火车呢！

那个年轻的准妈妈感激地说："谢谢大姐，你有孩子吗？"

我笑着说，我孩子都五岁了，言语中少有的自豪，可能每个做过母亲的女人，都和我有同样的心理吧。我随即掏出手机，让她们看我儿子的照片。

对面的女孩，笑着说："今生能当一个母亲，真是一件幸福的事。"女孩说了，自己被查出患了癌症，她是在父亲和医生的谈话中无意间听到，就偷偷拔了针头，从医院里跑了出来，给父亲留了一张纸条，一个人出行了好几个省市，最后一站去了敦煌，她说自己非常满足。

这次出去，虽然有医生开的药在不停地吃，病情却不断地加重，她说还想去看一眼西安兵马俑，感受一下那里磅礴的气势，无奈她的身体在不停地报警，她得回去看一眼焦急的父母，

第四章　聚焦爱心路

他们该是多么撕心裂肺。

到新乡下车时，我跟那个年轻的准妈妈和女孩道别。望着远去的列车，我知道，她们还有很长的一段路要走，只能在心底里祝福她们健康快乐。

突然记起，一个编辑曾给我提醒说，你的文章要少些月光，多些阳光。我也发现，自己笔下的人物或真实或虚幻，好像都有被生活迫害过的痕迹，多多少少有些凄凉。我清楚地知道，我不能改变任何人的命运，包括我自己，但我可以让心坦然，希望她们都生活在阳光和笑容里。

我写出来，我遇到的人，只是让更多的人，珍惜生命，珍惜身边的每一个人，别无他求。

清水街的眼睛

有些牵挂总是牵肠挂肚，母亲等待了妹妹二十多年，妹妹寻找自己的亲生母亲二十多年，揪心的亲人亲情。

冬天的清水街，总是醒来得有些晚。

太阳升得锄把高的时候，清水街的人们，才将厚实的黑色木大门从里面打开，嘎吱嘎吱地叫声，一声清脆的鸡鸣，叩响了千家万户的门，清亮亮的咳嗽声把清水街叫醒了。

清水街就是一溜儿的青石板路，街道两旁是低矮的土坯瓦

爱情锁

房，房屋上的青苔和瓦松在风中摇摆着。

每到黄昏时分，太阳便将最后一抹笑脸收藏了，暮归的牛群，摇晃着叮叮当当的铃铛回家了，柴门里，那些玩醉了的芦花鸡，早已拍打着翅膀上架了，妈妈们扯开嗓门儿一声声呼喊着："狗蛋儿——回家来喽。""猫娃儿——回家来哟。"亲切的小名飘荡在村庄上空，家家屋顶上升起了袅袅的炊烟，一溜儿草垛，如同一幅幅静态的水墨画，将美丽的乡村小镇定格了。

我家住在东头，而学校却在清水街的西头。妹妹清霞跟在我的屁股后面，早晨从清水街东头一路晃荡到清水街西头，傍晚又从西头晃荡到东头来。来来去去的，要两个来回呢，我想恐怕连青石板缝隙里的蚂蚁都能认出我们来呢。

每年一进入秋季，清水街就热闹起来了，街道两边摆摊设点的，最诱人的要数那些一街两巷的水果，黄澄澄的梨子，红扑扑的苹果。当然，香蕉、桔子不光撕扯着我的眼睛，关键是它们挠抓得我胃里馋虫都早早地爬了出来。

每次走到水果摊旁边，我感觉到，妹妹速度也放慢了，她总是拉着我的手说："哥哥，买个苹果吧！"

我瞥她一眼说："你找娘要钱去。"

其实，看见这么诱人的果子，不动心是不可能的。我自己的鼻子使劲地抽着，我想让这果香全部钻进我的鼻孔，一直钻进我的心里，我越是吸，越感觉到有一只无形的手撕扯着我的喉咙。

"砰"的一声，一阵突如其来的声响将我从幻想中惊醒了。

我才发现，妹妹趴在一个货郎担子上，货郎担的小杆秤被打翻在地，而那个戴白帽子的卖货郎低下头，用粗大的手掬着

第四章 聚焦爱心路

被妹妹撞翻在地上的麻子。

妹妹呆立在原地,不知道如何是好。那个货郎,操一口浓重的甘肃口音说:"不碍事儿,娃儿,你俩上学去吧!"

我拉着妹妹,如得到赦令一样跑了,边跑边回头望望,生怕卖货郎反悔追上来,要我们赔。

货郎并没有跟着来,我们俩才长长舒了一口气。我拍拍自己的胸脯,心还突突地跳着。

时间久了,卖货郎也好像忘记了此事,他总是担着一副担子,拿一杆小秤,边走边沿街叫卖着:"卖麻子啰……"他总是咧着嘴,露出黄黄的牙齿朝着我们笑。

卖货郎每次看到妹妹的时候,眼睛总是闪亮亮的。有时候,妹妹偶然间落在后面一段距离时,他会给妹妹一把麻子,第一次妹妹怯生生不敢去接,后来,给了几次,妹妹心安理得地接他给的麻子。当然,会分我一半。我总是问妹妹,卖货郎给你麻子的时候,说啥没有?妹妹茫然得睁大眼睛,摇摇头说,没有。

我家的院墙是低矮的土坯墙,每到天气暖和的时候,我和妹妹总坐在院中那棵树下做作业,娘坐树底下纳鞋底,我在抬头的瞬间,我发现了一双眼睛。

等我抬起头望的时候,那双眼睛又不见了。

我总是摇晃着头,以为自己看花了眼,随后好几次,我都发现有一双眼睛在后边窥视我们。

我说:"娘,院墙外有一双眼睛。"

娘朝院墙外望了望说,拍拍我的头说:"瓜娃,什么眼睛不眼睛的,清水街指甲盖大点的地方,还怕人抢了你不成,快

爱情锁

写作业。"

有一次，我跟在妹妹后边，卖麻子的走到妹妹跟前不知道说了句啥，见我赶了上来，他便匆匆忙忙离开。

我问妹妹："那个卖麻子的对你说啥？"

妹妹愣在那里，眼神飘乎着说："不知道。"

在一个月圆的晚上，妹妹却不见了。

娘整整哭了好几天，娘说："你妹妹八成被人犯子拐走了。"

过了几天，妹妹却回来了。

"娘，我是捡来的，对不对？卖麻子的人才是我的父亲，对不对？"

妹妹一连串的发问，把娘问得哑口无言，娘不住地搂住瑟瑟发抖的妹妹，哭着说："娃，你听娘说。"

妹妹的亲生母亲，是我的姑姑，死活都要嫁给那个卖麻子的货郎，后来，姑姑嫌跟着货郎生活苦，生下妹妹后，悄悄把她扔在了麻子地里，货郎刚好去卖麻子了。娘和爹一起去探望姑姑，娘见到虚弱的姑姑，肚子瘪了。听明原因后，娘急忙跑到麻子地里，把冻得乌青的妹妹捡起来，姑姑说什么也不肯要妹妹。娘只好把妹妹带回了家。

姑姑趁货郎不在，不知去向了。家人和货郎找了好多年，都没有找到姑姑。

妹妹不知道哪里来的劲儿，一把掀开娘，娘被妹妹掀翻在地上，然后，妹妹便扬长而去。

二十多年都没有音讯的妹妹，突然回家来了，她的身后，

第四章 聚焦爱心路

跟着一位时尚漂亮的女人,她也年过半百了吧?

已经哭瞎了眼睛的娘,颤微微地问:"你们俩找谁呀?"

"娘,是我,我是清儿。"

娘从头到脚摸了一遍妹妹,摇了摇头说,不像啊,清儿没你这么高,脸型是圆的,你这脸太瘦了。

姑姑哭着说,嫂子,对不起,是清儿,她长大了。这么多年,让你受苦了。

她们三个人抱头痛苦。

我女儿站在旁边,疑惑地问:"爸,这两位阿姨是谁?"

"你姑姑和我姑姑!"

据说,卖麻子的货郎带妹妹一路卖麻子,打听到了姑姑的下落,见了姑姑一面,他却因劳累故去了。

第五章　心灵对对碰

> 心灵触碰的瞬间，你，我，静默不语，四目相对，如同雨夜里，各自倚窗而立，端一杯清茶听风听雨，彼此懂了，便罢。

一米阳光

树和人是同理，如果没有压力，就没有动力。叶团长的一米阳光理论，是成立的。

这人心涣散的烂摊子该何去何从？解散？还是继续坚守？

叶团长已经三天三夜没有合眼了。

一个县剧团，根据上面的文件精神，要推向市场，可是，面对戏剧市场需求的下滑，多媒体已经将大半个市场先机抢占了。

可是，面对那一张张鲜活的面孔，叶团长还是不忍心，

第五章 心灵对对碰

三十多年来，这些孩子们，从十二三岁来到他这里，从发声训练到形体训练，现在大多都已成家立业，直接把他们一次性买断，或者重组，还真是个问题。

茫然的叶团长，一个人溜达到山上，与其说他是在看风景，不如说他在想心事。

突然间，叶团长的目光落在眼前平地上的那棵歪脖子树上面。

说实话，这棵树长得真是丑，树干没长高，而且，歪歪斜斜地站在一大片空地上，树枝横长着，几乎都站不直，树枝蓬乱。这样的一棵树，在周围都没有树的草地上，也不失为一种风景。

叶团长没心思看风景，他望着树在想问题。

为什么它长得那么别扭呢？

叶团长没有想通这个问题，他继续前行着，在前面的山坳里，有一大片树林，而且每一棵树干一溜儿长得顺滑，几乎连一点倾斜都没有，树梢都已经超过山顶，这些树，看样子都能有大用场。

叶团长更好奇了。

他突然想起刚才那一棵歪脖子树。

为什么如此不同呢？

叶团长跑到山坳里去查看了一翻，树底下也没有什么特殊的土壤，长在这山里，根本也不会有人专门给它们施肥浇水的。

可是，同是树，却如此不同呢？

叶团长一直在想这两者之间有什么关联呢？

他似乎想到了办法。

爱情锁

叶团长用最快的速度召开了剧团的领导班子成员会，将自己的方案提出来，让大家讨论。

叶团长说了，要引进竞争机制，奖励要丰厚，每个角色，暂且不分 A、B、C 角，让他们自己竞争，谁有实力谁上。

叶团长的话音一落，就有人提出了疑问，这样会不会对以前的大腕级人物有挫伤？引起别的问题呢？

叶团长笑眯眯地拿出手机，把一棵树和一丛树的理论给他们讲了一番。

他说：那一丛树，都长在环境逼仄的土坳里，没有人给它们营养，只有它们自己，努力地向上生长，才能争得那一米阳光，才能更好地进行光合作用。所以，它们长得就非常茂盛。

而那一棵树，本该有比别人优越的生长环境，它能享受更大的空间，有更充足的养分和阳光，可是，它就任意的生长，没有约束，没有压力，所以，就长得旁逸斜出。

大家似乎都默认了叶团长的那一番一米阳光的理论，剧团很快重组，愿意留下来的，按照竞争上岗机制，很快，在市场上争得了一席之地。

蝴蝶刺青

当针刺入身体的那一瞬，即便解释的再诚恳也不再单纯。

第五章　心灵对对碰

顾小青眯着眼睛，抬头望着院子角落里的那棵老槐树，这棵树也不知道经过了多少年，差不多已经枯朽了，树身上的两个黑洞，像极了父亲临死前的那双无助的眼睛，苍老、颓败，一只猫在屋脊上游走，它的身影在阴霾的天空下更迟缓。

那扇黑色的木门紧闭着，一只老鸹呱呱地盘旋在树顶，母亲从炕头爬起来，透过窗玻璃看外面，鼻子被挤压的变了形，她急促地喊着她的小名："青儿，青儿。"紧接着便是无尽的咳嗽声湮没了季节。

五年了，无数次在梦中，她都幻想着回到这个破败的家，因为这里是她的根和魂。

推开虚掩的门，她想拥抱一下母亲，母亲挣扎着起来，她说，青儿，你终于回来了。

是啊，五年了，自从父亲去世后，她一直撑起了这个家，可是，没有人知道，她光鲜的外表下，是何等沧桑的心境。

晚上，在刺眼的白炽灯下，母亲看见了她脊背的刺青，母亲哭得好伤心。

母亲不住地用手捶打自己的胸脯，哭着喊着，怪我无能啊，让娃受这样的罪。

她劝母亲，事情不是你们想象的那样。

她给母亲讲述自己这么多年的经历，平静的语气，似乎在讲述别人的故事。

那年，埋葬完父亲的第七天，她默默地从学校把自己的书包整理回家，班主任老师惋惜得直摇头，她明白，这个家，从此以后，只能靠她了。弟弟和妹妹都还小。

爱情锁

她跟着二丫，一路汽车火车，迷迷糊糊来到了佛山，二丫带着她租了一间很小的房间，然后，二丫劝她去做个刺青，她总是很迷糊，她说："刺青是什么？"二丫撕开自己的领子，让她看那个刺在锁骨上的蝴蝶，那个灵动的蝴蝶，让二丫的神情有了些暧昧和诡异，她笑说："到厂子里做工，难道需要做这个吗？"二丫笑她傻，到工厂流水线上，一个月能挣几个钱，还不够买牙膏的呢。

后来，禁不住二丫的劝说，她跟二丫去了刺青店，当那个针头刺入皮肤的瞬间，她的眼泪骨碌碌地流了下来。

她明白，二丫在一家洗头房里工作，她没有去，她去了附近一家电子厂，厂子不算太大，但是，每个月连加班算在内，也就三千多块工钱，她只留给自己一小部分生活费，剩下的全部寄回了家。

有一天下班途中，一辆黑色的小汽车停在了她的面前，二丫从里面钻出来，骂她傻，她用牙齿咬住下嘴唇说："人各有志。"然后，扬长而去。

突然有一天，母亲把电话打了过来，她质问女儿，在外面做什么工作，如果撑不住，就回来吧。

青儿告诉母亲，她在厂里做流水线工人，为了打消母亲的疑虑，她还拍了一张自己在流水线上的照片给母亲，母亲这才信了自己。

母亲说，二丫回了一趟老家，穿得很时尚，给了家里好几万元钱，二丫家现在已经是三层小楼了，二丫的弟媳在家开了麻将馆，村里的闲人成天坐在里面打麻将。

▶ 第五章　心灵对对碰

母亲问青儿的情况，二丫撇撇嘴说："谁晓得跟哪个男人走了？"二丫的这句话，让母亲揪心了好几年。

终于打消了母亲的疑虑，青儿原本打算在家乡做一点小本生意，那天早晨，她顺着河堤往前走的时候，才发现，以前宽阔的河面，只有一条细小的水在流，村子里打麻将的声音此起彼伏，迎面碰到了三壮，三壮说："青儿姐，听说你在深圳那边发大了，怎么样，我在村里也开了一家洗头房，生意也不错，有没有兴趣来呢？我给你最高的提成。"

青儿望着三壮日益隆起的腹，像极了谁在村里的地头挖的一道壕沟，她自言自语道："刺青，刺青！"

蜕　变

每个人入职场，都要历经一个从新人蜕变成旧人的过程，我认为，蜕变不是为了随俗，而是为了升华。文中这位林达，是变得更好些呢？还是更差了些？

单位里新招聘了一位办公室文员，大家都很期待这股新鲜血液的注入。

这位新人叫林达，人如其名，响动很大。

上班第一天，她就给所有人洗了一次眼睛。

她顶着一头爆炸式的黄头发，穿着一身时尚性感的果绿色

爱情锁

衣服，高跟鞋敲打着地面，蹬蹬地来上班了。

最主要的是，她还开着一辆价值不菲的跑车。

她拎着包出现在办公室，主动和大家打着招呼："嗨，大家好，我是林达。"随后她甩了一下她的爆炸式头发，径直走到了自己的工作岗位上去了。

有男同事偷偷地拿眼睛瞟她，女同事也悄悄打量她的装扮。

整个早晨，办公室的气氛异样。

午饭时，她刚一离开，大家便凑到一起，开始对她评头论足。

"听说了吗？她是空降来的，背景挺大。"伪娘翘起兰花指开始八卦。

"瞧她那样儿，整个一个外星球来的，男不男，女不女。"碎嘴的青儿说，似乎从牙缝里都能感觉到她冒着的丝丝酸味儿。

"她还开一跑车，八成被哪个大款包养了。"

"也许是别人的小三小四小五，小六也说不准呢。"

没事的时候，她成了大家闲余时间的谈资。

过了不到一个星期，科长找她谈话了。

科长语重心长地说："小林啊，你看，你人长得这么漂亮，你不该把头发弄得这么怪嘛！你漂亮也就算了，你穿衣服还这么前卫，对吧？你前卫也就算了，你还开车上班，你开车上班也就算了，你还弄一辆跑车，这样在同事当中影响不好嘛！"

科长的谆谆教导，让林达大跌眼镜。

她急了，她说："科长，我人长得漂亮，开跑车，我碍着大家什么事了吗？"

科长没想到，这个林达竟然还是一只天不怕地不怕的刺猬，他的鼻尖上也开始冒冷汗。

科长见林达不依不饶，他把鼻梁上的眼镜往上推了推，说："小林啊，你虽然没有碍着大家什么事情，可是，机关里要低调一点儿。"

"我为什么要低调，我把工作干好就行，我为什么要在乎别人的眼光呢？"林达还在和科长理论着。

"你这就是强词夺理。"科长先声夺人，啪啪地拍着桌子。

林达被几个同事劝说着离开了科长办公室。

"辞职，我不干了，我受不了这份窝囊气。"林达义愤填膺地吼道。

"你是新人，新人就要收敛一点儿嘛。"伪娘的兰花指在半空中画着弧线。

"新人，新人怎么了？难道也要像你们一样老气横秋才对吗？"林达依旧口无遮拦地说。

她的这句话打击面很广，所有的人都将异样的目光投向了她。

林达知道自己说错话了，为了不伤和气，她主动请大家去酒吧，疯狂地宣泄。

她说了，酒大家随便喝，我买单。

此后，大家看她的装扮也不那么扎眼了，反而都习惯了。

随后，不知不觉间，这位新人，悄无声息地换了装扮，平

爱情锁

淡无奇的职业装，让她和整个环境似乎融为一体了。

后来，又来了一位新的美女同事，大家的焦点又一次对准了她。

"瞧她那样子，有点新人的样子吗？"

"她的包是 LV 吧，谁买的还不一定呢？"

奇怪的是，林达也加入了对新人评头论足的阵营中。

梦中的数字

事情的真相，往往比我们想象的更触目惊心吧！

"84A7T3"宁一舟的声音在凌晨三点钟吓醒了妻子芳菲，也吓醒了他自己。

他大睁着双眼，像从水中捞出来一般，浑身湿透了。

芳菲一边安慰他，一边在心里记下了那串数字和字母，宁一舟重重地倒在了枕头上。

被惊醒的芳菲再无睡意，任凭她数多少只羊也无法催眠，她眼前总浮现出那个跛腿的小乞丐。女孩头发蓬乱，脸脏兮兮的，只是那眼神，似乎有极强的穿透力，冷冽而决绝。

这个小乞丐不说话，就在他们饭店门口坐着，保安赶过几次，她一次一次的来。

芳菲心软，就让服务员给她端过一碗饭，她最近总是来，

第五章　心灵对对碰

芳菲看见她的腿就有点不落忍。

服务员说：不行，就把拉得远远的，她腿跛了，不可能那么快就到咱店里来，说不定，还是别的店里为了竞争，故意赶到咱这边来的。

芳菲摇了摇头说，不像啊！

难道这是宁一舟种下的孽缘吗？想想，芳菲又摇摇头，不可能，小姑娘已经八九岁了，宁一舟若是在外面有孩子，也不至于这么大吧？

迷迷糊糊芳菲又睡着了。

可自从这小乞丐出现后，宁一舟晚上总是半夜里说出这同一串数字。芳菲在自己的备忘录里记下了，难道这是给谁要转账的钱数吗？或者是他的存折密码？但都被她一一否定了。

她想问宁一舟，还是忍住了，她想自己找答案。

白天，宁一舟坐在大转椅背后，沉着冷静地处理各种业务，根本看不出有什么异样，依旧温文尔雅，和夜里被梦惊醒的他判若两人。

芳菲终于没忍住，她问，昨晚，你的梦中出现了什么？

宁一舟睁大无辜的双眼问："什么数字？什么梦？我怎么不知道？"

看来他是真忘记了，似乎她的问话对他也没起什么波澜。

芳菲注意到一个细节，宁一舟的左耳没有动，她相信，他是真忘记了。

宁一舟一撒谎，左耳朵总会抽动一下的。

爱情锁

芳菲去问医生，医生说，有一种人，会在瞬间锁住部分记忆，连他自己也想不起来，要么就是藏在内心深处的一个秘密，不愿意想起来，而将记忆故意封存了。

第二天一早，那个小乞丐拦住了宁一舟的车，宁一舟没太在意，来了个紧急刹车，头差点撞到挡风玻璃上。

小乞丐静静地坐在车头前地上，毒箭一样的眼神望着车内的宁一舟，芳菲感觉到，宁一舟浑身哆嗦了一下。

这小乞丐没有家，她跟踪过她几次，没有任何的收获，小女孩一个人住在桥墩下。

宁一舟依然半夜说着梦话，芳菲晚上打开了手机录音。

第二天播放时，宁一舟反问她，是什么声音？

等播放到那几个数字和字母时，宁一舟的脸明显抽搐了一下。

车被划了一道痕，宁一舟意外地没有对保安发火，他让司机去修了。

芳菲用食物把这个孩子诱到了饭店的角落里，给了很多好吃的，孩子吃得狼吞虎咽，问她，不说话。

芳菲找来纸和笔，孩子竟然会写字，写了同一串数字和字母——84A7T3，蓝色三轮车，爸爸妈妈被撞死了。

芳菲瞬间石化了。

几个月前，宁一舟去乡下买土鸡，回来时，却只字不提鸡的事情，而且整整睡了两天，醒来时，整个人像没事人一样。

第五章　心灵对对碰

骗你有商量

骗子花样繁多，总是用各种方式想让你上钩。这个骗子的确狡猾，但她却忘记了，得有这个人存在才行啊，看来她的数据信息更新的太慢了。

明珠仔细地擦拭着家里的玻璃杯，不知从什么时候起，她发现自己总是会慢下来做任何事，一副世界末日到来的样子，对什么都不关心了。

突然，电话响了起来。明珠被吓了一跳，因为这个座机好几个月都没响过了。

明珠拿起听筒，里面传来一个陌生女人的声音，听上去挺年轻的。

"女士，您好，您的丈夫开车撞了一个人。在 B 市他闯了红灯，冲上了人行道。"

"噢，我知道了。谢谢您。"明珠微笑着，想挂掉电话。

"这件事情我觉得如果让交警来处理，估计您丈夫得判个三两年的，我觉得咱们还是私了吧？"对方说得情真意切。

"那你让我丈夫接电话吧。"明珠想，这碰瓷的胆真大。

"噢，你丈夫正在和交警解释事发经过，我离他们有一点距离。"对方巧妙地掩饰了这一切。

"这么说，你就是被撞的那个行人了？"明珠推测着。

爱情锁

"对对对,我现在右小腿粉碎性骨折,右臂不能动,估计骨折了。但我觉得私了比较好,不然的话,我得住院三个月,还得要专人护理,你们还得耽误工作,在单位影响也就不好了。"对方说得很诚恳。

"谢谢你还替我们着想,可是,我丈夫根本没有驾驶证啊。"

"女士啊,这就更应当私了了,他没证,还撞伤了人,这更得进监狱了,如果您想帮他的话,赶快把钱打过来吧。"

"我觉得我还是当面给您钱吧?这样比较好一些,您说呢?"

"您看这B市离你们那个市区还有几百公里呢?您来一趟多麻烦呢?"

"您怎么知道我离B市几百公里呢?可我现在就在B市呢?"

"您的手机区号不是邻市的吗?"

"这个您就不知道了,看来你的知识面不够广,现在有一种业务叫作两城一家,不用换号码,可以随便用的。"明珠慢慢坐了下来,她越来越有兴趣了。

"那您不用工作吗?"

"忘了告诉您,我现在已经退休了,有大把的闲时间。"

"那您跑B市来旅游吗?"

"不,我定居在这里了。"

"噢,那您说吧,您的丈夫,您说帮不帮吧,如果想帮他,您把钱打到我的卡上来,省得您多跑路,这大热天的,如果您

第五章　心灵对对碰

中暑了,还得住院,也耽搁时间的。"对方显然已经烦躁不安了。

"你赶紧收起你的把戏吧,我的丈夫于三年前已经去世了。"

"你,你,你,怎么不早说。"对方"啪"一下挂断了电话。

迁　坟

网上曾经流传着一首让人落泪的诗,题目叫:儿呀,娘想做你家的一条狗。看到此文,你是不是同样的心酸呢?

"听说叶主任请假去迁坟了。"小姚压低声音对贾敏说。

"迁坟?给谁迁坟?怎么没听他说呢?他父母都健在啊?"大家都聚集在小姚周围。

"这叶主任,迁个坟还这么神秘,难道是八项规定出来,怕给自己惹事儿吧?可这叶主任平日里咱科室的事情他没少随礼吧?前年小王结婚,后来又给孩子做满月,小贾母亲病故,老赵给父亲过八十大寿,叶主任一样事儿也没落下呀!"

"是啊!那咱们就给他来个意外惊喜!"

由办公室卫副主任安排,一时间,订酒店的、买花的,一切安排妥当了。下午下班后,派人去接叶主任,也搞了个神秘的,将叶主任带到了酒店。

叶主任一看这架势,他奇怪地问:"谁家有喜事吗?"

爱情锁

"叶主任，迁坟这么大的事情，您怎么一点消息都没有透露呢？没办法，只好用这种办法让你接受哟。"

苦笑不得的叶主任，只好交代了事情的经过。

叶主任老婆酷爱养狗，她养了一只萨摩飞飞。他们家住二楼，那天，飞飞在窗户前发呆，看见树上趴着一只猫，飞飞就一下子冲了下去，结果，猫跑了，飞飞左前腿却骨折了。

老婆这下心疼得不得了，本市没有大型的宠物医院，最后联系了杨凌区一家宠物医院，他们带着飞飞一路奔过去，刚到医院门口，护士们带着担架就奔过来了，直接先给飞飞扣了一个氧气罩，飞飞没见过这种阵势，急得呜呜直叫。

然后就是挂号，安排病床，查心电图，做B超，做CT，一路查下来，花了一万多，手术安排在下午做了，飞飞的左前腿打上了石膏，暂时还不能下床，大小便都有人打理。

护士交待了注意事项，不许留陪护，住院需要一周时间，然后，再去门口超市，给飞飞办理了一张两千元的就餐卡，到固定的饭点，会有专人送来的。

老婆临走时，抱着飞飞哭得稀里哗啦的。

每天，都由护士专门用微信跟家属视频聊天，看看飞飞的恢复情况和吃饭的情形。一天三顿不重样，老婆每天像中邪了一般，起床第一件事情就是视频聊天。

好不容易飞飞出院了，幸好，飞飞走路和正常的狗一样。

可是，好景不长，飞飞突然间又患上了子宫癌，疼得在地上打滚，等他们抱到医院去，医生摇头说，太晚了，没得救了。

第五章　心灵对对碰

飞飞临走前，因为身体原因，已经不能上楼了，媳妇在楼下陪了飞飞整整三个晚上。

媳妇在公园上班，给飞飞找一个坟头不是难事，他们专门挑选了一个鸟语花香的地方，用飞飞用过的棉被包裹严实，为得是让飞飞在另一个世界里温暖依旧。

埋葬了飞飞，媳妇好几天不吃饭，人整个瘦了一大圈。

结果，埋了大概有十多天，公园又有了新规划，要在那个地方修一条河道。

动工的那天，他和媳妇俩人，守在那棵大树下，让开挖掘机的师父轻轻地挖，还好，棉被几乎完好无损，他们又重新给飞飞选了一个地方，悄悄地给飞飞迁了一个坟。

这就是迁坟事情的整个过程。

叶主任说得很平静，几个女同志从开始笑得花枝乱颤，到最后的泪眼婆娑。

叶主任点燃了一支烟，说："既然咱们都已经坐到这里了，今天，我请客，全当给我们家飞飞补办了一个葬礼。"

这下，大家都轻松了许多。就当找个放松的机会，趁机狂欢一下。

席间，叶主任喝得很兴奋，突然接到了一个电话，他边忙着劝酒，顺便开了免提问："二哥，啥事？"

"咱妈想去你那边住一阵子。"

"我这么忙，哪有时间照顾她呢？你让她在老家好好待着。"

"咱妈最近胃疼，顺便去检查一下。"二哥解释着。

爱情锁

"胃疼，吃几片止疼药就行了，那是老毛病了。"

叶主任挂掉电话，嘴里嘟囔着："这老太太，成天就知道乱跑。来来来，为我们家飞飞干一杯！"

觥筹交错间，空气中升腾起一股酒精燃烧的味道，冷烈而黏稠。

名 片

为何要用一张硬壳纸让别人认识自己呢？如果真的著名，往那儿一站，自己的这张脸就是真正的名片。

"美女，你好，我叫杜子腾，写散文，送你一张我的名片。"一个戴眼镜的家伙，矮墩墩的，头上的头发早已是地方包围中央了，他的样子非常虔诚，不忍拒绝。

"噢，谢谢。"我茫然地接过他双手递过来的名片，自己的两只手有点无处安放的感觉。

为了不至于让自己显得太没有礼貌，我尽可能装作非常认真地看了他的名片——一张折起来的名片，上面的头衔众多，正面印完反面印，××协会的理事，×年×月×日获哪次文学大赛新人奖入围奖，大有一页印不完，印两页的趋势。

第五章　心灵对对碰

说句实话,我一点儿都没有记住,不过,他的名字我记住了,这个,他得感谢他的父母,太有才了,竟然起了这么有个性的名字——杜子腾(肚子疼)。然后,我拿着名片,本打算尽快地离开时,谁知道他在我身后又说话了。

"美女,把你的名片给我一张吧!"

"抱歉,我没有。另外,别见着女人就叫美女,像我这样,长得丑的女人,有极大的讽刺意味。"

我转身打算离开时,不小心撞了后面的一个人,我连说几声对不起,才发现,是一个熟人,他在给身边这一帮人,挨个发自己的名片,样子同样很虔诚。

我摇了摇头,继续打算从这个热闹而又让我无比孤独的地方离开,我宁肯去享受一个人的狂欢,也不愿意陪着这么多人去孤独。

一个朋友说我性格怪异,也许吧,只是,我不喜欢这种场合。

朋友劝我不要清高,我说不是清高,是我对这种场合,也就是所谓的圈子没有多少新鲜劲了,因为大同小异,甚至换汤不换药。当然,我也没有名片,我不想把自己的名字印在卡片上,上面写上电话号码,QQ号,邮箱,甚至住在哪个小区哪幢楼哪个单元等,因为没有必要这样。

我悄悄溜出了会场,外面一片白杨林,正值深秋,满树黄叶,地上的一片片叶子让整个景色美极了。

爱情锁

我兴奋地走进去，突然间发现，有另外一个人，背着一个相机，趴在树下拍树叶，不忍打扰他的宁静，也不想破坏这样美丽的场景。我悄悄地退到了别的地方，才发现，他竟然是我最敬重的那位作家。

不过，我知道，他肯定也不喜欢那种闹哄哄的场面，当然，他虽然不给任何人发名片，但大家一眼就认出了他。

为了应付场面，我在会议结束时，走进了会场，我发现他静静地坐在墙根处，一个人，那神情，安宁而平静。

会议结束时，不知道谁发现他的，好多人都围了过来，请他签名，有的人甚至让他把名字签在衣服上。

这场景不亚于球迷对球星的热情。

还有人向他要名片和电话号码，结果，这位老作家温文尔雅地说："对不起，我不用手机，也没有名片。"

说句实话，这位我特别敬重的老作家，他的作品厚重而富有韵味，全国的大多文学奖项他都得过了。

对于他来说，自己就是自己的名片，何必要依附一张硬壳纸来标榜自己呢？

走出会议室的门外，我长长地松了一口气，我前面的一个人，顺手将拿到的一沓名片扔过了垃圾箱。

我攥着自己收集来的名片，不知道它们将何去何从？

第五章　心灵对对碰

朋友啊朋友

人的性格分很多种，有的人刀子嘴豆腐心，有的人口蜜腹剑，但人们往往被后者的表象遮住了眼睛。有时候，真心不一定能换来真情。

我来到种子公司报到的那天，望着满院子穿着深蓝色长工作服、戴口罩的工人们，我疑惑地问接待我的办公室文书武清，这些人是临聘来的吗？

她非常热情地给我解释说，这些都是咱们单位的工作人员，你也一样，从明天起正式上班，先买个工作服和厚一点的口罩。

原先我想象着，学校毕业后，我会坐在宽阔的办公桌前，处理各类文件，至少是个文职吧？谁曾想，我却是戴着大口罩，站在高大的精选机、搅拌机前包装种子，丰满的想象和骨感的现实之间，心理的落差，让我闷闷不乐。

武清成天笑呵呵，好像她就从来没有任何烦心事儿，她人长得漂亮，眼睛长得酷似范冰冰，皮肤白皙，一笑起来，露出尖尖的虎牙，让她看起来更有味道，更迷人。

武清的笑声非常爽朗，她所到之处，大家都像被她施了魔法，个个笑得前仰后合的。

爱情锁

虽然武清的个儿不高，但丝毫没有影响她在职工们心里的地位，大家似乎都特别喜欢她。她只比我大三岁，但处理任何事情游刃有余，加上她能说会道的嘴，也为她赢得了很高的赞誉。我生性木讷，见到生人几乎连话也说不出来，我特别羡慕那些能说会道的人，也许是缺什么就羡慕什么吧？

不知不觉我也喜欢上了武清，俩人几乎无话不说，武清作为一个大姐姐的身份，经常关心我的个人生活。她给我介绍了一个本家的弟弟，说她弟弟长得玉树临风，多才多艺，而且人也风趣。和她的弟弟见了一面，似乎并不像她说得那样玉树临风，而是四级以上风几乎能把他刮上天，也看不出他的风趣在哪儿。

那天，在一个小饭店，他屁股刚挨到凳子，便很霸气地大吼了一声"服务员。"服务员正忙于旁边那一桌，就晚了那么一两分钟，他便拉着脸训小姑娘说："干什么呢？这么磨蹭。"

小姑娘不住地道歉，他才勉强接受了。

点完了菜，他就开始抽烟，不停地催服务员："我们的菜怎么还没有上来呢？"

小姑娘说："马上，我已经催了厨师两遍了。"

我疑惑地问他："你有急事吗？"

他说："没有。"

后来，菜上来了，他把筷子伸进菜里，刚尝一口，就皱眉头说："陇州凉盘太咸，牛肉太老，生姜的味道没入进去。"这些菜个个都被服务员端到后厨重新调制了一遍。

当然，我也不会和一个这么挑剔而大男子主义的人处朋友

第五章 心灵对对碰

的。但是，武清也没说什么，我们依旧是朋友。

后来，又有人给我介绍了一个男孩，这些，我从来都没有隐瞒武清，我觉得我们俩是朋友。

不知怎么回事，我突然感觉到同事们看我的目光都很异样，一个校友问我："听说你和某某在谈朋友啊，据说那人不怎么样啊？"

"这话从何讲起呢？你又是怎么知道的？"我吓了一跳。

校友笑笑不语。

后来，公司的主管严肃地对我说："你们年轻人，要注意影响，听说最近总有不三不四的人来找你，是这样吗？"

"不可能啊，怎么会有这样的说法呢？"

我哭得一塌糊涂，就去找武清哭诉，武清用她的巧舌，让我破涕为笑了。

在九十年代末，那时候年轻人谈恋爱，方式也很保守，没有手机，只有BB机，回电话都要找个磁卡电话，男孩子大多在女孩单位门口守株待兔，可怎么就都成了不三不四的人呢？这些谣言从哪里来的呢？

后来，武清想从事第二职业，觉得办公室束缚了她的手脚，就给领导提出了和我换岗位，领导就同意了。

我也如愿从一线调到了办公室，接替了武清的工作。而武清也同样接替了我的工作，那个岗位工作时间弹性大，有利于她联系自己生意上的事情。交接完手续，我还特别感激武清，感谢她的力荐。

我也没太在意，那天，公司需要上报一个项目，此前，那

爱情锁

个项目的所有资料都是武清经手的，而我并不知道此事。

领导急着要，可当我打开电脑的时候，电脑存储盘都是空的，一个文件都没有，经理们急得团团转，我打电话问武清，她依旧笑得风生水起，说，你自己再找找。

我找不着，换了几个人找，依旧空空如也，武清把公司此前所有的资料都删除了。

我结婚后，调出了原单位，无意间和我老公闲聊起，他说，当初，我刚追你的时候，就接到你们公司一个女同事的电话，没说她是谁，但一开口就笑，笑声很有感染力，说了你很多缺点呢？

追坏蛋

"坏蛋"有很多种定义，鸡蛋坏了，可以补偿，但如果人心坏了，又拿什么去补偿呢？

翠兰系着围裙，端着一盆子玉米粒，在院子中大声地呼唤着鸡。

"咯咯咯，咯咯咯……"

那些白乌鸡、芦花鸡，听到了叫声，争先恐后地向翠兰身边奔了过去，有几只鸡还被挤倒，倒了，重新站起来，浪潮一样都一齐向翠兰涌了过去。

第五章　心灵对对碰

看到众多鸡低头啄食的情景，翠兰一手端鸡食盆，一手叉腰间，俨然一个将军。

刚从地里回来的牛娃，一边把短袖汗衫的衣襟撩起来擦汗，一边对翠兰喊："翠兰，我回来了。"

翠兰忙着低头喂鸡，她大声戏说着："你回来就回来了，声音那么大，是要我叫锣鼓队给你夹道欢迎吗？"

牛娃也顾不上和翠兰斗嘴，他的嗓子都冒烟了。

牛娃急忙跑到水缸边，顺手拿起勺子喝了一口水，终于缓过一点劲儿了。

翠兰隔着墙对牛娃喊："你赶紧把那篮子鸡蛋拿去卖了，今天刚下的蛋，还热乎着呢。新鲜的，你顺便把那十几个破了皮的蛋也带上，送给那些买蛋的人。"

牛娃放下勺子说："好了，我知道了，这婆娘就是啰嗦。"

牛娃嘴里虽然嘟囔着，可他心里还是乐滋滋的。

地上放着两篮子鸡蛋，一模一样的篮子，牛娃顺手拎走了一个篮子。

牛娃一路开着他的三轮车，奔到农产品市场，他支好架子，高声叫卖着："卖鸡蛋了，新鲜的土鸡蛋，绿色环保无公害，翠兰牌鸡蛋，没有添加剂，皮薄肉嫩个头大，黄饱清透香又香。娃娃吃了脑袋灵光，老人吃了能活一百零八。"

牛娃的大喇叭刚喊了几声，王大爷拄着拐杖，手里拎着一个小篮子，笑呵呵地走了过来。

王大爷以前买过好几次牛娃的鸡蛋，彼此间已经非常熟悉了。他亲热地和牛娃打着招呼："牛娃，今儿这鸡蛋什么价钱？"

爱情锁

牛娃赶紧给王大爷拉过一个小凳子说:"大爷,一块钱一个,卖五块钱外送一个破蛋,您老瞧瞧,我这蛋新鲜不?我这蛋黄是黄,清是清呢?鸡刚下的,还冒热气呢。"

王大爷笑呵呵地拿起一只破了皮的鸡蛋,放在鼻根下闻了闻,嬉笑着说:"不错,鸡蛋味道还挺正。看来不是人造的假鸡蛋。"

牛娃说:"大爷,您真会开玩笑,我又不会下蛋,还人造的蛋呢?"

一会儿来了五六个顾客,一听说买五个送一个,他们都很麻利地买走了一部分鸡蛋。

过来了一位大娘,她看见鸡蛋不多了,她急忙往自己的篮子里拾,很快,牛娃的鸡蛋就被一抢而光了。

牛娃还惦记着家里的鸡,他急忙开着三轮车走了。

卖鸡蛋的牛娃走了,王大爷却和那位大娘为了一个鸡蛋杠上了劲儿。

大娘说那个鸡蛋是自己买的,王大爷却一口咬定,这个鸡蛋是他自己的。

俩人你拿过去,我抢过来。

"啪"一声,鸡蛋掉在地上碎了。

俩人不约而同地喊着:"臭鸡蛋啊!"

大娘捂着鼻子,又狠狠摔碎了两个鸡蛋,都是坏鸡蛋。

王大爷狠狠地跺了一下脚说,这牛娃这么老实,怎么也开始骗人了,都说这好货不便宜,便宜没好货,这怎么全是坏蛋。他一连打开五个蛋试了试,全是坏蛋。

第五章　心灵对对碰

牛娃骑着三轮车，刚回到家，他边用扇子煽风，一边给媳妇翠兰卖弄着："今天手气好，加上那些破了皮的蛋，好多人一听说买五送一呢，一下子就抢光了，一个老头和一个老太太差点打架。"

翠兰刚解下围裙，发现了地上篮子里的蛋。他着急地说："牛娃，牛娃，你赶紧过来。"

牛娃急匆匆赶来问："一口水还没喝到嘴里，你就着急忙慌的。什么事，这么急？"

翠兰急了："你拿错了鸡蛋。左边的是坏蛋，是前两天孵鸡娃时，突然停电了，温箱里的坏蛋。我今天刚打算扔呢，还没来得及呢？"

牛娃这一下也慌了，他着急的在地上直打转转。

"这咋办呢？那我今天卖得全是坏蛋？"

牛娃转眼一想说："那么大个街道，人来人往的，再说，卖给谁了，我到哪里找去吗？还是算了吧！"

翠兰拿出一个纸牌牌，上面写着：由于本人今天不小心，卖给大家的是坏鸡蛋，我原价赔偿，再赠送每人十个鸡蛋，以表歉意！

牛娃终于还是没拗得过翠兰，他俩拿着牌子，来到了原来卖鸡蛋的地方。

牛娃的鸡蛋篮子还没有放稳，就招来王大爷一拐杖，大娘拧着牛娃的耳朵，大声斥责着："我让你学坏，你这个坏蛋，竟然敢卖坏蛋给我们。"

牛娃双手护着耳朵，向大娘百般解释，大娘还是不相信。

爱情锁

翠兰急了，翻开了自己刚才写的牌子，大娘这才松开了手，牛娃龇牙咧嘴地摸着隐隐作疼的耳朵，急忙拿起好的鸡蛋给大娘和王大爷他们俩赔偿。

他们夫妻俩惊讶地发现，来换鸡蛋的人排了长长的一个队伍。

牛娃也疑惑了，今天根本没有卖出这么多鸡蛋啊？

焦点

导读：那些把表面文章做足的人，暴露的往往是虚荣和浮华，只有静心做自己，才算真正的做人处事。

"这是我和全国著名的山水画画家牛一水的合影，瞧瞧，怎么样？你看，牛画家还和我握手了。"老杜晃着自己的四喜丸子脸，拿着一张照片卖弄着。

"老杜，让我看看你的手，是不是都有光泽了，比以前更亮了？"老高故意唏嘘着，拉过老杜的手，将黑边眼镜框往上推了推，仔细的寻找着什么？

老杜刚想抽回手，老高急了："别动，你们大家瞧，是不是有一道金光在闪耀啊？"

老高拉起老杜的手，高高的举起来。

"是啊，真的不一样啊？看来握过大画家的手，就是不一样啊？下次，见了名人，我也要握一握手，合张影。"小米眯着眼睛，在一旁附和着。

"不一样吗？哪里不一样了？"老杜将手拿到自己的眼睛前，仔细地瞧着。

第五章 心灵对对碰

"好好地看看吧！"

大家都各自己回到原位，该忙什么忙什么。

老高低下头认真地在作画，他的画儿依旧走得是牧童和牛的风格。

老杜不以为然走过老高身边，他说："老高，你要懂得经营，要让你的画儿值钱，你就不要总是画什么山呀，水呀，你要画美女，美女懂吗？只有美女才有人肯掏钱，你不要总是低头画画，你要认识一些全国的大名人，他们才会助你一臂之力，你才能上一个台阶，挣更多的钱。"

老高微微一笑，嘴角轻轻翘起一丝优雅的弧度。

老杜的脖子上，挂着个佳能相机，相机顶在他隆起的大肚皮上，他围着老高的画儿转着圈儿。

"老高，你听我说，你得找名人签名。"老杜将他相机里面存在的照片让老高看。

老高很不以为然。

"你还别笑，让名人签个名，可以提高你画的档次。"老杜绘声绘色地说，唾沫星子乱溅。

"那我不用画了，直接找名人就行了吧。"

"孺子不可教也！"老杜摇着头，一副哲人样。

翌日。

市摄影家协会举办摄影笔会，邀请来的名人非常多。

老杜怀抱着个相机，锃亮的眼睛在人群中扫荡着。

突然，他看到领导和全国著名的摄影家吴一天握手。

老杜急了，他钻过人群，找准了机会，跑到了吴一天跟前，

爱情锁

毕恭毕敬地伸出了手。

"您好，吴老，我一直很佩服您。能和您合一张影吗？"老杜非常虔诚。

身体发福的吴老，今年已经八十多岁了。

"您喜欢我的哪一幅摄影作品呢？"吴一天欣喜地问。

老杜拍拍脑袋说："就那个，风景，拍湖面的那幅，太漂亮了。"

"风景吗？"吴一天惊讶地问。

只有吴老清楚，他一生都不喜欢拍风景，只拍人物。至今都没有任何一幅风景摄影作品公开发表或者展出过。

吴老清楚，这个人是个伪粉丝。

但以他的风格，一般不会点破这事儿。

合影的事情，只能来个顺水人情罢了。

老杜顺手把相机交给一旁的老高，说："老高，麻烦给我和吴老拍一张照片，要对准焦点哟！"

老杜紧紧地抓住吴老的手，显示亲昵状。

老高拿起相机，"啪"一下，对准了焦点。

"好了！"照片拍好后，他将相机交给了老杜。

笔会结果了，送走了吴一天。

老杜兴冲冲地拿着相机，打算给同事们炫耀一番。

突然，他吃惊地发现，相机里并没有他和吴一天的合影。

老杜急了，他急忙找老高，问："老高，你给我拍的照片呢？就是那张，和吴老的合影。"

老高说："肯定有，怎么会没有。"

第五章　心灵对对碰

老杜根本不相信。

老高接过相机,他翻出一张照片说。"你看,这一个肚子大而圆的,喜欢穿西服,却永远也扣不住纽扣的,是你,另一个人大肚子大而尖的是吴一天,他喜欢穿摄影马夹,衣服上总有很多兜,兜里总鼓鼓朗朗的,那是吴一天。你让我抓住焦点,这就是焦点啊!"

[代后记]后来,老高和老杜都退休了,老杜收藏了一大堆和名人的照片以及签名,他时不时拿出来给儿女们炫耀一番。时间久了,再也没有人听他絮叨了。他自己琢磨着,这张在哪里拍的,这张的主角焦点是谁,而他永远是那个配角。

老高的画儿大卖,他被邀请去了法国、德国、日本,走访了许多国家,每到一处,都有无处的倾慕者找他合影,他成了照片中的那个焦点。

桃花酒

有些痴情,如这醇厚的桃花酒,总是回味悠长的。

四月的风,微凉中带着些暖意,跟随王老去采访一位会唱《陇州小调》的老艺人。

路是崎岖的羊肠小道,经过一路跋涉,我们走到了一处桃花盛开的桃园里。

爱情锁

其实肚子早就提出抗议，咕噜咕噜直叫了，可面对一大片桃花园和湛蓝的天空，心中的欢喜还是特别多的。

推开那扇虚掩的木门，屋内的陈设特别简单，一口用来做饭的灶台，看来主人外出了。

王老也饿了，他顺手揭开锅盖，然后，从锅内取出一个蒸好的红薯，笑呵呵地递给我说："趁热吃吧！"

我早已饿得饥肠辘辘了，但是，我还是非常迟疑地没有接，我对王老说："这样不妥吧，主人不在家，咱这算偷吃呢！"

王老笑着说："没事，你吃吧，这老家伙，当年和我一起蹲过坑，关系铁着呢。"

"蹲坑？他曾经和你是同事？"我又一次带着新的疑问。

知道王老当年在公安局当过一把手，可他退休后，又一次拾起了自己的爱好。成天背着一架摄像机，想为文化事业做点贡献。

今年六十七岁的他，到处搜集陇州民间小调，并整理成了三本小册子，令我们这些晚辈常常汗颜。

王老一直保留着当年当警察时的习惯，晚上睡不着，也可以算是职业综合症了。他白天到处收集资料，晚上就趴在农村的炕头根据唱词儿谱曲。蚊虫的叮咬是最稀松平常的事了。

但是，王老递过来的红薯的香味一阵阵从鼻孔里往进钻，我还是放下了矜持，接过来开吃了！

我正坐在院子中吃着，一位满头银发的老头回来了，身旁跑过一条黄狗冲着我汪汪直叫。一口红薯噎在了喉咙里，咽也不是，不咽也不是。我有点尴尬地冲老人笑了笑。

第五章 心灵对对碰

我猜测此人便是我们要采访的主人公杜老了。他冲大黄狗呵斥一声:"是客人,不要无礼。"那条狗便不满地盯着我手中的红薯,半蹲在一边不声不响了,不过,它时不时还死死地盯着我的手。

杜老哈哈大笑着拉过王老的手,说"老家伙,你怎么有空来了?"

王老笑着说:"你痴情守候这桃花园,我不来,你怕是要被狼叼去了。"

杜老笑着说:"你早说你来,我打几只野兔子给你,只可惜前两天打了一只,被村里人拿去下酒了。"

杜老虽然看上去有六十好几的年纪了,可是,他的眼睛炯炯有神,整个人容光焕发。

午饭是杜老的手艺,筋道的手擀面,还有那些从山坡上采来的野菜,我们刚打算动筷子吃的时候,杜老却说:"且慢,老家伙来了,得眠两盅的。"

杜老将一个软梯子从一个半米左右的孔里扔下去,然后,他噌噌地下去了,一会儿,从下面端上来一个灰黑色的酒坛子。

酒一打开,一股扑鼻的酒香迎面而来。杜老给每一个人斟了一碗,然后,他坐下和王老开始叙旧了。

抿一口酒,然后,大家的脸微微有点红了,我感觉到,这酒,有一股甜甜的,带着些香味。王老问:"还打算守候多少年?"

杜老说:"守一辈子,到时候,葬在这里就行了!"顺着杜老的视线,我才看清,那里有一座坟,上面芳草萋萋。

喝着酒,王老的灵感又来了,他问:"这桃花酒现在还有

爱情锁

人酿吗？"杜老微微叹息了一声说："现在谁还酿啊？我这酒窖里冷藏的也只有几坛了，那都是和老太婆一起酿制的。"

王老兴趣又来了，他似乎忘记了，我们此行的目的，是寻找周围几个村子里唱小调的老艺人。

他说："你这个酿酒的技艺还有记载吗？"

杜老抿一口酒，说："原来家里有一个小册子，不过，制作工序我还是会的。"

王老转过头对我说："你们明年申报非物质文化遗产的项目有了。"

我这才明白，王老又一次搜集了一项非物质文化遗产项目。

桃花酒是拿清酒作原酒，里面加入桃花，经过好几年酿造而成的。

其实，说起这桃花酒，和这桃花，还有一段动人的故事。

当年，杜老的女朋友桃花，是一个乡村女教师，这个村子非常穷，孩子们大多都在山坡上放羊，桃花老师便挨家挨户动员。

终于动员通了，收了十几个学生。就这样，一批学生毕业，还有一批，桃花老师在这里一教就是二十多年。

可是，那年，为了护送学生回家，过河时桃花老师被洪水冲走了。

为此，这个村子的人民为了纪念桃花老师，把村名更名为桃花村。

退休后的杜老，就一个人住进了妻子当年奋斗过的地方，一直守候着她,并把她酿酒的技艺也学了下来。

楼牌三迁

导读:现如今,"文化"二字似乎已被用滥了,不冠以"文化"的帽子,显不出自己喝过多少墨水,但真正的把文化当作一种活生生的,能融入骨子里的东西去做,又有几人呢?做真正的文化和一个真正的文化人,其艰难又是谁能想到的呢?

清水镇文化站的文化专用大楼终于竣工了。

镇上请来了宣传部长、主管文化的副县长、文化局长前来剪彩,镇长站在红色的地毯上,主持着此次剪彩仪式,随着剪刀的"咔嚓"声落下,彩绸被分成了几段,镇政府的女干部每人手里端着一朵大红绸子的花,大家脸上都洋溢着笑容。

镇党委吴书记气宇轩昂地讲道:"文化大楼的竣工,得到了上级部门的大力支持,向省文化厅争取资金三百万……我们将努力挖掘基层文化资源,弘扬优秀的民族文化……"

镇党委书记的一番话,让每个人都感觉到血液沸腾了。

文化局长更是兴奋地握着镇党委吴书记的手说:"吴书记啊,你们清水镇是文化大镇,文化底蕴深厚,你们一定要好好地利用这幢大楼,把咱们的文化事业搞得红红火火的。"

翌日。

吴书记和牛镇长两人站在这幢高大的楼前,轻声的说着话。

文化站长薛广生,急忙跑到他俩跟前请示:"吴书记,牛镇长,你们看,文化大楼盖起来,咱们得好好利用,我觉得目前,得给我多增加一两个人手,我打算好好地去下乡挖掘一下咱们

爱情锁

镇的民间文化,有好几个项目都可以申报非物质文化遗产了。"

牛镇长望了一眼薛广生花白的头发说:"老薛啊,我记得你的退休是今年年底吧?"

老薛疑惑地点了点头。

"老薛,你看,这文化这个事儿啊,别说挖掘了,就咱们镇的那几十位跳广场舞的大姐大妈们,就足以撑门面了。非物质文化遗产这个事儿,是一件吃力不讨好的事情,咱们不趟这个浑水,交给县文化馆去办吧。"吴书记的话语虽然和气,却一脸阴云密布。

"正因为快退休了,我才想要给咱们镇留点什么,从我工作到现在,三十五年了,一开始就是一个管文化的干事,到现在,依然如此。"薛广生终于憋不住了,他急忙打断了吴书记的话。

听了薛广生执意如此,牛镇长和吴书记俩人都面面相觑,互相使了一下眼色,转身离开了。

留下了薛广生茫然地望着他们的背影呆若木鸡。

这昨天不还在县领导面前表过态了吗?为何变卦这么快呢?

薛广生打算骑上自己那辆破摩托车,下乡去自己收集资料。

还没出门,他就被管计生的副镇长叫了过去。

"老薛,你赶紧去县城,给咱做一个计划生育的牌子,要醒目,尺寸要跟这幢新楼相配。"

"什么?这不是文化大楼吗?让小嘉去吧?"薛广生有点

第五章　心灵对对碰

迷糊了。

"老薛呀，我说你怎么这么死脑筋，这么古板呢？这叫合理的利用资源。这幢楼还在吗？又跑不了的。再说了，你管计生，让别人去怎么回事啊？不要光天天嘴里想着文化，文化就是一个概念嘛？"

"文化怎么能是概念呢？它是活生生的……"薛广生急了。

"好好好，我不跟你争了，你快去吧，这可是两个一把手亲自拍板的事情。"

薛广生无奈地望了一眼楼上昨天才挂上去的新牌子：清水镇文化站，几个醒目的大字，让他有点头晕了。

他摇摇头，转身去发动自己的摩托车，踏了十几下，那辆老旧的车子，才像哮喘病人一样，突突突地冒起了黑烟。

第二天，文化站的牌子被摘了下来，计生办的牌子醒目的挂了上去，上级计生部门检查，领导给清水镇给予了充分的肯定。牛镇长和吴书记兴奋地搓着手，他们似乎又有了新的打算。

终于消停了几天，周一早晨，薛广生的摩托车还没有停稳，维稳办主任又按住了他的车头说："老薛，快去做一张维稳办的牌子，我让人赶紧把计生办的牌子先撤下来，听说下午要来检查组。"

薛广生茫然地望了主任一眼，他久久不肯起步。

"老薛，你怎么了？你倒是快点呀？不能太晚了，事儿太紧急了。维稳办就你一个干事，这事还得你来啊！"

"你们这主管领导都一个身兼一个职务，敢情我老薛是三

爱情锁

头六壁呢,一个人分管四个业务,我孙悟空啊?"薛广生发起了牢骚。

牢骚归牢骚,事儿还得干啊,在上级领导来之前,薛广生终于又将维稳办的牌子稳稳当当地挂在了文化大楼前。

下午,当然是顺利地通过了检查。

过了一个月,有一天,电话员转过来三个电话:分别是维稳办、计生局、文化局都要在周三早晨检查工作。

老薛站在文化大楼前,望着地上的三块牌子请示:领导,这挂哪块牌子合适呢?